m

阅读之前 没有真相

午夜文库

阿加莎·克里斯蒂
侦探小说

阿加莎·克里斯蒂
Agatha Christie (1890—1976)

无可争议的侦探小说女王，侦探文学史上最伟大的作家之一。

阿加莎·克里斯蒂原名为阿加莎·玛丽·克拉丽莎·米勒，一八九〇年九月十五日生于英国德文郡托基的阿什菲尔德宅邸。她几乎没有接受过正规的教育，但酷爱阅读，尤其痴迷于歇洛克·福尔摩斯的故事。

第一次世界大战期间，阿加莎·克里斯蒂成了一名志愿者。战争结束后，她创作了自己的第一部侦探小说《斯泰尔斯庄园奇案》。几经周折，作品于一九二〇年正式出版，由此开启了克里斯蒂辉煌的创作生涯。一九二六年，《罗杰疑案》由哈珀柯林斯出版公司出版。这部作品一举奠定了阿加莎·克里斯蒂在侦探文学领域不可撼动的地位。之后，她又陆续出版了《东方快车谋杀案》《ABC谋杀案》《尼罗河上的惨案》《无人生还》《阳光下的罪恶》等脍炙人口的作品。时至今日，这些作品依然是世界侦探文学宝库里最宝贵的财富。根据她的小说改编而成的舞台剧《捕鼠器》，已经成为世界上公演场次最多的剧目；而在影视改编方面，《东方快车谋杀案》为英格丽·褒曼斩获奥斯卡大奖,《尼罗河上的惨案》更是成为几代人心目中的经典。

　　阿加莎·克里斯蒂的创作生涯持续了五十余年,总共创作了八十余部侦探小说。她的作品畅销全世界一百多个国家和地区,累计销量已经突破二十亿册。她创造的小胡子侦探波洛和老处女侦探马普尔小姐为读者津津乐道。阿加莎·克里斯蒂是柯南·道尔之后最伟大的侦探小说作家,是侦探文学黄金时代的开创者和集大成者。一九七一年,英国女王授予克里斯蒂爵士称号,以表彰其不朽的贡献。

　　一九七六年一月十二日,阿加莎·克里斯蒂逝世于英国牛津郡沃灵福德家中,被安葬于牛津郡的圣玛丽教堂墓园,享年八十五岁。

阿加莎·克里斯蒂 侦探作品年表

波洛系列

1920　The Mysterious Affair at Styles《斯泰尔斯庄园奇案》
1923　Murder on the Links《高尔夫球场命案》
1924　Poirot Investigates《首相绑架案》
1926　The Murder of Roger Ackroyd《罗杰疑案》
1927　The Big Four《四魔头》
1928　The Mystery of the Blue Train《蓝色列车之谜》
1932　Peril at End House《悬崖山庄奇案》
1933　Lord Edgware Dies《人性记录》
1934　Murder on the Orient Express《东方快车谋杀案》
1935　Three-Act Tragedy《三幕悲剧》
1935　Death in the Clouds《云中命案》
1936　The ABC Murders《ABC谋杀案》
1936　Murder in Mesopotamia《古墓之谜》
1936　Cards on the Table《底牌》
1937　Dumb Witness《沉默的证人》
1937　Death on the Nile《尼罗河上的惨案》
1937　Murder in the Mews《幽巷谋杀案》
1938　Appointment with Death《死亡约会》
1938　Hercule Poirot's Christmas《波洛圣诞探案记》
1940　Sad Cypress《H庄园的午餐》
1940　One, Two, Buckle My Shoe《牙医谋杀案》
1941　Evil Under the Sun《阳光下的罪恶》
1943　Five Little Pigs《五只小猪》
1946　The Hollow《空幻之屋》
1947　The Labours of Hercules《赫尔克里·波洛的丰功伟绩》
1948　Taken at the Flood《顺水推舟》
1952　Mrs. McGinty's Dead《清洁女工之死》
1953　After the Funeral《葬礼之后》
1955　Hickory Dickory Dock《山核桃大街谋杀案》
1956　Dead Man's Folly《弄假成真》
1959　Cat Among the Pigeons《鸽群中的猫》
1960　The Adventure of the Christmas Pudding《雪地上的女尸》

阿加莎·克里斯蒂 侦探作品年表

1963　The Clocks《怪钟疑案》
1966　Third Girl《第三个女郎》
1969　Hallowe'en Party《万圣节前夜的谋杀》
1972　Elephants Can Remember《大象的证词》
1974　Poirot's Early Stories《蒙面女人》
1975　Curtain—Poirot's Last Case《帷幕》

马普尔小姐系列

1930　The Murder at the Vicarage《寓所谜案》
1932　The Thirteen Problems《死亡草》
1942　The Body in the Library《藏书室女尸之谜》
1943　The Moving Finger《魔手》
1950　A Murder Is Announced《谋杀启事》
1952　They Do It with Mirrors《借镜杀人》
1953　A Pocket Full of Rye《黑麦奇案》
1957　4.50 from Paddington《命案目睹记》
1962　The Mirror Crack'd from Side to side《破镜谋杀案》
1964　A Caribbean Mystery《加勒比海之谜》
1965　At Bertram's Hotel《伯特伦旅馆》
1971　Nemesis《复仇女神》
1976　Sleeping Murder《沉睡谋杀案》
1979　Miss Marple's Final Cases《马普尔小姐最后的案件》

其他系列及非系列

1922　The Secret Adversary《暗藏杀机》
1924　The Man in the Brown Suit《褐衣男子》
1925　The Secret of Chimneys《烟囱别墅之谜》
1929　Partners in Crime《犯罪团伙》
1929　The Seven Dials Mystery《七面钟之谜》
1930　The Mysterious Mr. Quin《神秘的奎因先生》
1931　The Sittaford Mystery《斯塔福特疑案》
1933　The Witness for the Prosecution and Other Stories《控方证人》
1934　Why Didn't They Ask Evans?《悬崖上的谋杀》

阿加莎·克里斯蒂 侦探作品年表

1934　The Listerdale Mystery《金色的机遇》
1934　Parker Pyne Investigates《惊险的浪漫》
1939　Murder Is Easy《逆我者亡》
1939　And Then There Were None《无人生还》
1941　N or M?《桑苏西来客》
1944　Towards Zero《零点》
1945　Sparkling Cyanide《闪光的氰化物》
1945　Death Comes as the End《死亡终局》
1949　Crooked House《怪屋》
1950　Three Blind Mice and Other Stories《三只瞎老鼠》
1951　They Came to Baghdad《他们来到巴格达》
1954　Destination Unknown《地狱之旅》
1958　Ordeal by Innocence《奉命谋杀》
1961　The Pale Horse《灰马酒店》
1967　Endless Night《长夜》
1968　By the Pricking of My Thumbs《煦阳岭的疑云》
1970　Passenger to Frankfurt《天涯过客》
1973　Postern of Fate《命运之门》
1991　Problem at Pollensa Bay《神秘的第三者》
1997　While the Light Lasts《灯火阑珊》

出版前言

纵观世界侦探文学一百七十余年的历史,如果说有谁已经超脱了这一类型文学的类型化束缚,恐怕我们只能想起两个名字——一个是虚构的人物歇洛克·福尔摩斯,而另一个便是真实的作家阿加莎·克里斯蒂。

阿加莎·克里斯蒂以她个人独特的魅力创造着侦探文学史上无数的传奇:她的创作生涯长达五十余年,一生撰写了八十余部侦探小说;她开创了侦探小说史上最著名的"黄金时代";她让阅读从贵族走入家庭,渗透到每个人的生活中;她的作品被翻译成一百多种文字,畅销全球一百五十余个国家,作品销量与《圣经》《莎士比亚戏剧集》同列世界畅销书前三名;她的《罗杰疑案》《无人生还》《东方快车谋杀案》《尼罗河上的惨案》都是侦探小说史上的经典;她是侦探小说女王,因在侦探小说领域的独特贡献而被册封为爵士;她是侦探小说的符号和象征。她本身就是传奇。沏一杯红茶,配一张躺椅,在暖暖的阳光下读阿加莎的小说是一种生活方式,是惬意的享受,也是一种态度。

午夜文库成立之初就试图引进阿加莎的作品,但几次都与版权擦肩而过。随着午夜文库的专业化和影响力日益增强,阿加莎·克里斯蒂的版权继承人和哈珀柯林斯出版公司主动要求将版权独家授予新星出版社,并将阿加莎系列侦探小说并入午夜文库。这是对我们长期以来执着于侦探小说出版的褒奖,是对我们的信任与鼓励,更是一种压力和责任。

新版阿加莎·克里斯蒂作品由专业的侦探小说翻译家以最权威的英文版本为底本,全新翻译,并加入双语作品年表和阿加莎·克里斯蒂家族独家授权的照片、手稿等资料,力求全景展现"侦探女王"的风采与魅力。使读者不仅欣赏到作家的巧妙构思、离奇桥段和睿智语言,而且能体味到浓郁的英伦风情。

阿加莎作品的出版是一项系统工程,规模庞大,我们将努力使之臻于完美。或存在疏漏之处,欢迎方家指正。

新星出版社
午夜文库编辑部

Agatha Christie

Over the next few years, we plan to celebrate two very important Agatha Christie anniversaries. In 2015, it is the 125th anniversary of her birth in Torquay, South Devon, England, and in 2020 it will be 100 years after her first book, THE MYSTERIOUS AFFAIR AT STYLES, featuring her famous detective, Hercule Poirot, was published. This is therefore a very appropriate moment to publish a new edition of her works, and I am delighted that HarperCollins has chosen to work with New Star on these new editions. New Star is China's top crime publisher, and has a strong and dedicated editorial staff and a continued passion for Agatha Christie, making them the ideal partner. It is the right time to make these classic books available in modern translations and so to bring Agatha Christie's books anew to her many fans in China, giving them a new reason to re-read these much-loved stories, as well as introducing them to a whole new audience. How delighted Agatha Christie would have been that her stories (as she called them) are still giving so much pleasure to so many people all over the world!

I think there are two very remarkable things about Agatha Christie's stories. The first is that they are so adaptable. It doesn't really matter which language they appear in, the stories and the plots still give the same thrill, still provide the same puzzles, and the characters still have the same attraction. Readers in China will I am sure enjoy Hercule Poirot and Miss Marple just as much as we do in England, and readers in China will still be transfixed by the surprises and horrors of AND THEN THERE WERE NONE, one of the great classics of 20th century detective fiction, as we are here.

Agatha Christie

The second is that the stories give a wonderful picture of England, particularly rural England, at the time Agatha Christie lived. She wrote books from 1920 until 1970 but it is sometimes hard to tell which part of her life each book was written in. Her characters and the life they lived were very much the same. The life we all live is changing very quickly these days but "the Agatha Christie world" stays the same. Perhaps the Miss Marple stories provide the best example of this, and in some ways THE BODY IN THE LIBRARY and NEMESIS are quite similar, despite the fact that thirty years elapsed between the time they were written.

Perhaps I might end by mentioning three Agatha Christies (other than the ones mentioned above) which I think demonstrate why she is so popular, even in the twenty-first century. The first is MURDER ON THE ORIENT EXPRESS, one of the most famous with one of the most ingenious and human plots. Read this on one of your long train journeys in China! Next is A MURDER IS ANNOUNCED, a Miss Marple which was her 50th book. It has my favourite murderer in it! And last is ENDLESS NIGHT a story about evil and how it affects three young people, written at the time when I knew her best, and understood how deeply she cared and sympathised with young people and the world they lived in.

Whichever are your favourites I hope you enjoy these stories that New Star are introducing to you again. I think it is a great publishing event.

Mathew

Grandson of Agatha Christie
Chairman of Agatha Christie Ltd

致中国读者
(午夜文库版阿加莎·克里斯蒂作品集序)

在未来的几年中,我们将要筹备两个非常重要的关于阿加莎·克里斯蒂的纪念日。二〇一五年是她的一百二十五岁生日——她于一八九〇年出生于英国的托基市,二〇二〇年则是她的处女作《斯泰尔斯庄园奇案》问世一百周年的日子,她笔下最著名的侦探赫尔克里·波洛就是在这本书中首次登场。因此,新星出版社为中国读者们推出全新版本的克里斯蒂作品正是恰逢其时,而且我很高兴哈珀柯林斯选择了新星来出版这一全新版本。新星出版社是中国最好的侦探小说出版机构,拥有强大而且专业的编辑团队,并且对阿加莎·克里斯蒂的作品极有热情,这使得他们成为我们最理想的合作伙伴。如今正是一个良机,可以将这些经典作品重新翻译为更现代、更权威的版本,带给她的中国书迷,让大家有理由重温这些备受喜爱的故事,同时也可以将它们介绍给新的读者。如果阿加莎·克里斯蒂知道她的小故事们(她这样称呼自己的这些作品)仍然能给世界上这么多人带来如此巨大的阅读享受,该有多么高兴啊!

我认为阿加莎·克里斯蒂的作品有两个非常重要的特征。首先它们是非常易于理解的。无论以哪种语言呈现,故事和情节都同样惊险刺激,呈现给读者的谜团都同样精彩,而书中人物的魅力也丝毫不受影响。我完全可以肯定,中国的读者能够像我们英国人一样充分享受赫尔克里·波洛和马普尔小姐带来的乐趣;中国读者也会和我们一样，读到二十世纪最伟大的侦探经典作品——比如《无人生还》——的时候，被震惊和恐惧牢牢钉在原地。

第二个特征是这些故事给我们展开了一幅英格兰的精彩画卷，特别是阿加莎·克里斯蒂那个年代的英国乡村。她的作品写于二十世纪二十年代至七十年代间，不过有时候很难说清楚每一本书是在她人生中的哪一段日子里写下的。她笔下的人物，以及他们的生活，多多少少都有些相似。如今，我们的生活瞬息万变，但"阿加莎·克里斯蒂的世界"依旧永恒。也许马普尔小姐的故事提供了最好的范例：《藏书室女尸之谜》与《复仇女神》看起来颇为相似，但实际上它们的创作年代竟然相差了三十年。

最后，我想提三本书，在我心目中（除了上面提过的几本之外）这几本最能说明克里斯蒂为什么能够一直受到大家的喜爱。首先是《东方快车谋杀案》，最著名，也是最机智巧妙、最有人性的一本。当你在中国乘火车长途旅行时，不妨拿出来读读吧！第二本是《谋杀启事》，一个马普尔小姐系列的故事，也是克里斯蒂的第五十本著作。这本书里的诡计是我个人最喜欢的。最后是《长夜》，一个关于邪恶如何影响三个年轻人生活的故事。这本书的写作时间正是我最了解她的时候。我能体会到她对年轻人以及他们生活的世界关心至深。

现在新星出版社重新将这些故事奉献给了读者。无论你最爱的是哪一本，我都希望你能感受到这份快乐。我相信这是出版界的一件盛事。

阿加莎·克里斯蒂外孙
阿加莎·克里斯蒂有限责任公司董事长
马修·普理查德
二〇一三年二月二十日

阿加莎·克里斯蒂侦探作品集 ㊿

零点
Towards Zero

[英] 阿加莎·克里斯蒂 著
周力 译

新星出版社 NEW STAR PRESS

目录

1	序幕：十一月十九日
9	"一开门，所有的人都在那里"
59	白雪与红玫
133	精明的幕后黑手
219	零点时刻

献给罗伯特·格雷夫斯[1]

亲爱的罗伯特:

既然你那么诚挚地说你喜欢我的故事,我就斗胆把这本书献给你了。我只求你在阅读时千万要口下留情(毫无疑问,你近来的大肆评论已经让你在这方面愈加老辣犀利了)。

这仅是个供你消遣的故事,可不是让格雷夫斯先生用来做文学批判对象的啊!

你的朋友

---

[1] 罗伯特·冯·兰克·格雷夫斯 (Robert von Ranke Graves, 1895—1985),英国著名诗人,小说家和评论家。

序幕：十一月十九日

围在壁炉前的这群人几乎清一色全是律师或者法律界人士。这其中有律师马丁代尔，王室法律顾问鲁弗斯·洛德，因"卡斯泰尔斯"一案而名噪一时的小丹尼尔斯，此外还有几名大律师，包括贾斯蒂斯·克里弗先生，来自刘易斯和特伦奇公司的刘易斯，以及年迈的特里夫斯先生。特里夫斯先生快八十岁了，老成干练，是一家著名律师事务所的成员，同时也是那里最著名的律师，据说他了解的隐秘历史比全英格兰任何人的都多，而且还是个犯罪学方面的专家。

不动脑子的人会说，特里夫斯先生应该写写自己的回忆录。但特里夫斯先生可是心如明镜，他明白自己知道得太多了。

尽管已经引退多年，早就离开了那种唇枪舌剑的日子，不过在他自己的这个圈子里，整个英格兰还没有谁的意见能够像他的那样受到同行如此的推崇。无论什么时候，只要他那轻声细语而又一丝不苟的嗓音响起，总会引来全场一片毕恭毕敬的肃静。

此时此刻，他们谈论的话题是关于一桩当天刚刚在老贝利①审毕的广受议论的案子。那是一桩谋杀案，在押的嫌犯被无罪释放了。现在这群人正忙于把这个案子再翻出来重审，同时各自发表着法律上的评判。

控方犯了"依赖一名证人"的错误——老德普利奇应该已经

---

①位于英国伦敦的中央刑事法庭。

意识到他甩给了辩方一个多好的机会。而年轻的亚瑟则充分利用了那个女仆提供的证词。虽然本特莫尔在结案陈词中已经极其公正地把案情引向了正轨，但祸根其实早已埋下——陪审团相信了那个女孩说的话。陪审团就是这么古怪，你永远都猜不透他们会采信什么，不采信什么。不过一旦你让某个念头在他们的脑子里扎了根，任何人就再也别想让他们改变看法了。他们相信那个女孩所说的关于撬棍的事情是实话，就是这么回事。医学证据有点儿超出了他们的理解能力。所有那些艰深冗长的科学术语啊——搞科学的这帮家伙作为证人实在是糟糕透顶，即使面对一个简单问题也要支支吾吾半天，就不说是或不是；还总是说些"在某种情况下是可能发生的"之类模棱两可的话！

他们开始各抒己见，当谈话声变得零零星星，有一搭没一搭时，大家心里都产生了一种缺少点儿什么的感觉。一张张脸依次看向了特里夫斯先生。因为特里夫斯先生迄今为止还一言未发。渐渐地，大伙儿的期待之情越来越明显，他们都在等着这个最受推崇的同行发表一锤定音的高见呢。

特里夫斯先生向后靠在椅背上，心不在焉地擦拭着他的眼镜。这片古怪的沉寂令他猛然抬起头来。

"嗯？"他说，"怎么回事儿？你们在问我什么吗？"

年轻的刘易斯开口了。

"先生，我们刚才正在讨论拉蒙尼的那件案子。"

他满怀期待地停顿下来。

"是啊，是啊，"特里夫斯先生说，"我也在琢磨它呢。"

一阵满溢着敬意的肃静。

"但是我恐怕，"特里夫斯先生一边说着，一边继续擦着眼镜，"有些异想天开了。没错，异想天开。我猜这是上岁数的缘故吧。到了我这把年纪,只要你乐意,就可以拥有异想天开的权利啊。"

"是的,的确如此,先生。"年轻的刘易斯接口说道,但他看上去却是迷惑不解。

"我呢,"特里夫斯先生说道,"没怎么想你们提出的那些五花八门的法律问题——尽管它们挺有意思——假如裁决结果跟现在不一样的话,还真是会有很好的上诉理由呢。我倒是在想……不过我现在还不打算深谈。呃,就像我刚刚说的,我在想的不是那些法律问题,而是这个案子里的人。"

每个人看上去都大吃一惊。他们也考虑过这个案子里的人,不过却只是把他们当成证人,只是关心他们的证词可不可靠而已。甚至都没有人去大胆猜测一下嫌犯究竟是否像法庭宣布的那样清白无辜。

"你们也知道,人啊,"特里夫斯先生若有所思地说道,"高矮胖瘦,各式各样。有些人聪明睿智,而更多的人则没有脑子。他们从四面八方而来,兰开夏,苏格兰——那个餐馆老板是意大利人,而那个学校的女老师是从美国中西部的什么地方来的。所有人都被卷进了这件事当中,最后在十一月一个阴沉沉的日子里,大家在伦敦的法庭里聚齐了。每个人都在这里扮演了一个小角色。整件事情则是以谋杀案的审判收了场。"

他停顿了一下,手指轻巧而有节奏地敲着自己的膝盖。

"我喜欢好的侦探故事,"他说,"但是,要知道,它们打一开头就是错的!它们都是以谋杀为开端,而谋杀应该是结尾。故事其实在那之前早就开始了,有时甚至可以追溯到多年以前,是各种各样的原因和一系列的事件把某些人在某一天的某个时间带到了某个地点。就拿那个小女仆的证词来说吧,若非那个厨房女佣抢了她的男朋友,她不会在一气之下辞了那份工作跑去拉蒙尼家,自然也就不会成为辩方的主要证人。那个朱塞佩·安东内利,帮他的兄弟代职一个月。他那个兄弟真是有眼无珠,朱塞佩那双敏锐的眼睛看到的东西他就看不出来。要不是那个警员爱上了四十八号房的厨娘,他也不会那么晚了还在自己的辖区转悠……"

说到这儿,他轻轻点了点头。

"所有这些都汇集到特定的一点……然后,只待时机一到——便一拥而上!零点时分,关键时刻。没错,所有的一切都汇于零点……"

紧接着,他又重复了一句:"汇于零点……"

然后,他迅疾而轻微地哆嗦了一下。

"您觉得冷了吧,先生,来,离火近一点儿。"

"不用,不用,"特里夫斯先生说道,"只不过是打了个寒战而已。好啦,我必须得回家去了。"

他和蔼可亲地点了点头,然后缓步踱出了房间。

屋内一阵出奇的寂静,随后王室法律顾问鲁弗斯·洛德评论说可怜的老特里夫斯真是上年纪了。

威廉·克里弗爵士说道:"一个敏锐的头脑——极其敏锐——只是岁月终究不饶人啊。"

"心脏也不太行了,"洛德说,"我相信他随时都有可能倒地不起。"

"他可保养得相当好。"年轻的刘易斯说道。

也就在此刻,特里夫斯先生正小心翼翼地坐进他那辆行驶平稳的戴姆勒轿车。车子把他送到了一所坐落在一个安静街区的宅子。一名殷勤的贴身男管家帮助他脱掉外套。特里夫斯先生走进了燃着炉火的书房。他的卧室就在另一边,出于对心脏情况的考虑,他从来不上楼。

他在炉火前坐下来,把信件拿到跟前。

他的心思还依然停留在刚才在俱乐部时他所说的那番异想天开的话上。

就算是此时,特里夫斯先生暗自思忖道,也可能有某出戏——某件即将发生的谋杀案——正在酝酿之中呢。要是让我来写一个引人入胜的血腥犯罪故事的话,我就会从一个老年绅士坐在炉火前,拆开他的信开始写起。让他在浑然不觉之中——走向零点……

他撕开了一个信封,漫不经心地低头看着从里面抽出来的那张信纸。

突然之间,他的神情大变,从浪漫的想象一下子回到了现实当中。

"天哪,"特里夫斯先生说道,"这可太讨厌了!真是,这太让人心烦了。过去这么多年了!这会改变我的所有计划的。"

"一开门，所有的人都在那里"

一月十一日

躺在医院病床上的男人轻轻挪动了一下身子，闷哼了一声。

负责这个病房的护士从桌后站起身，向他走来。她调整了一下他的枕头，并帮他摆好一个更舒服的姿势。

安格斯·麦克沃特只能咕哝一声来表达谢意。

他的内心正承受着反抗和怨愤情绪的煎熬。

本来此时此刻一切都应该结束了的。他也本该得到了解脱！可都怪那棵从悬崖峭壁上长出来的该死的蠢树！还有那些全然不惧冬夜严寒，非要跑到悬崖边上去约会的多管闲事的情侣！

要是没有他们（以及那棵树！）的话，这一切早就已经结束了——一猛子扎进深深的冰水中，兴许还会扑腾几下，然后便陷入永眠——一条百无一用的生命就此终结。

而现在他在哪儿？拖着一个摔坏了的肩膀，荒唐可笑地躺在医院的病床上，还得等着因为试图自杀而接受治安法庭的传讯。

命是他自己的，难道不是吗？

而且如果他自杀成功了，他们估计也会把他看成一个精神失常的人，假装虔诚地给他下葬的。

精神失常，真要命！他的头脑从来没有这么清醒过！对于一个处于他这种境地的人来说，自杀才是最合逻辑、最明智的选择。

穷困潦倒到了极点，疾病缠身无望恢复，老婆跟着别的男人跑了。没有工作，无人关爱，金钱、健康和希望一样都不剩，自行了断无疑是唯一行得通的解决方法了吧？

而此时，他却身陷这种让人啼笑皆非的窘境。用不了多久他就得接受一个道貌岸然的治安法官的训诫，只因为他做了这么一件于自己有益并且顺理成章的事，要知道，这条命可是属于他的，而且只是属于他的啊。

他生气地抽了抽鼻子，一股热浪涌遍全身。

护士又出现在他的床边。

她很年轻，一头红发，长着一张和蔼亲切中又带着些茫然的脸。

"您觉得很疼吗？"

"不，我不疼。"

"我给您一些能帮您入睡的药吧。"

"你什么药都别给我。"

"可是——"

"你觉得我就忍受不了这一点点的疼痛和失眠吗？"

她莞尔一笑，温柔中带有几分傲气。

"医生说您可以吃点儿东西了。"

"我不关心医生说什么。"

她整了整他的被子，把一杯柠檬水拿得离他近了些。他稍显不好意思地说道："抱歉，我有些粗鲁。"

"哦，没什么的。"

对于他的臭脾气她竟然丝毫不为所动，这让他有些生气。即便这么闹也无法穿透这个护士身上那层满布着恣意冷漠的铠甲。在她眼里，他只是个病人——而非一个男人。

他说:"多管闲事——全都是多管闲事……"

她用责备的口吻说道:"哎,哎,这么说可就不太合适了。"

"合适?"他反问道,"合适?我的老天爷啊。"

她平静地说道:"到明天早上您就会觉得好些了。"

他咽了口唾沫。

"你们这帮护士。你们这帮护士啊!你们根本就不通人情!"

"可您看,我们知道什么对您最好。"

"这才是最可气的地方呢!包括你、医院,还有这个世界,不停地多管闲事!以为自己知道什么对别人最好。我想要自杀,你明白吗,啊?"

她点点头。

"我要不要从那个悬崖上跳下去是我自己的选择,关别人屁事。我已经活腻味了!"

她轻轻地啧啧几声,表示出某种抽象的同情。他是个病人,而她正通过让他充分发泄来安抚他。

"要是我想的话,凭什么不能自杀?"他问道。

她非常严肃地回答说:"因为那是不对的。"

"为什么不对?"

她带着几分疑惑瞅看他。她自身的信念倒是没有发生动摇,只是由于拙于言辞,她实在解释不清自己对此的看法。

"呃……我是说……自杀是没有道理的。不管你喜不喜欢,你都必须活下去。"

"凭什么?"

"嗯,总得考虑考虑其他人吧,不是吗?"

"对我来说用不着。这个世界上没有一个人会因为我死了而受损丝毫。"

"您难道没有亲属吗？没有妈妈或者姐妹之类的？"

"没有。我曾经有个老婆，但她离开了我——离开得好极了啊！在她眼里我一无是处。"

"那你肯定也有些朋友吧？"

"不，我没有。我不是那种好打交道的人。听好了，护士小姐，我要告诉你一些事情。我也曾经是个乐天派，有一份好工作，还有个漂亮的老婆。后来出了一起车祸，我老板开的车，而我坐在车里。他想让我说车祸发生时他的驾驶速度没超过三十迈，其实不然，他当时开得都快五十迈了。车祸中没死人，没这方面的问题，他只不过是想跟保险公司证明自己没什么错误。呃，我不愿意按他的要求去说，那是个谎言，而我从不撒谎。"

护士说："嗯，我觉得你做得对，完全正确。"

"你真这么想？可结果我这个牛脾气害我丢了饭碗。我的老板发怒了，他还阻止我找别的工作。我老婆烦我总是闲待着找不着活儿干，于是就跟我曾经的一个朋友跑了。他干得不赖，算是飞黄腾达了。而我只是得过且过，日子每况愈下。后来我又养成了喝点儿小酒的习惯，可那也没法帮我保住饭碗。到最后，我的身体完蛋了——五脏六腑都喝伤了，医生告诉我永远都好不了了。这下子就真的没什么活头儿了。最简单也最利落的做法就是一死了之吧。我的命对我自己或者任何人来说都一无是处。"

小护士低声说道："那可不好说。"

他笑了起来。这会儿他的脾气已经好些了。她那种有些天真的固执劲儿让他觉得挺有意思。

"我的好姑娘，我对别人还能有什么用啊？"

她语无伦次地说道："你又不知道。你也许……某一天……"

"某一天？不会有这么一天了。下次我会确保十拿九稳的。"

她坚决地摇了摇头。

"哦,不,"她说,"现在你不会再自杀了。"

"为什么不会?"

"他们都不会的。"

他目不转睛地看着她。"他们都不会的。"他现在是想要自杀的那帮人中的一个。就在他都已经准备要开口反驳的时候,与生俱来的诚实本性阻止了他。

他还会再自杀一次吗?他真的打算再试一回吗?

突然之间,他明白他不会了。没有什么理由。或许刚才她从专业的角度说出的那点就算是恰当的理由:一个人不会重复自杀。

不过这样一来,他就更加下定决心非要让她从道德伦理的角度认可他的观点。

"不管怎么说,我自己的生命,我有权利想怎么处置就怎么处置。"

"不,不——你没有这个权利。"

"为什么没有?我的好姑娘,为什么?"

她满脸通红,手里一边摆弄着挂在脖子上的那个小小的金色十字架一边说道:"你不明白。上帝也许会需要你。"

他吃了一惊,瞪大双眼。他真不想给这种孩子气的信念泼冷水,于是取笑着说道:"我猜没准儿哪天我会拦下一匹脱缰的惊马,救下马上的金发小孩——嗯?是这个意思吗?"

她摇摇头,为了试图表达她那些心里明白却又解释不清的想法,她急切地开口说道:"也许只是在某个地方……什么都不用做……只是在某个时间,身处某个地方……哦,我说不清楚,但你可能只是……只是某一天走在一条街上,仅仅这样就相当于完成了一件极其重要的事情——也许你自己甚至都不知道那究竟是什么。"

这个红发的小护士来自苏格兰的西海岸,她家族中的某些成员拥有"洞察能力"。

或许,她依稀看到了这样一幅景象:在九月的一个夜晚,一个男人走在一条路上,而由此让另一个人避免惨死……

二月十四日

房间里只有一个人,唯一能听到的声音就是这个人手中的钢笔从纸上一行行划过时的沙沙声。

没有人会看到纸上所写的内容。如果看到了,他们也很难相信自己的眼睛,因为那上面写的是一份清晰缜密的谋杀计划。

有时候躯体会意识到控制着它的头脑——那是在它顺从地听命于这个控制着它活动的异己之物的时候。另一些时候,头脑则会意识到它拥有并且控制着一副躯体,从而利用这个身体来达到它的目的。

此时坐在那儿写东西的身影正处于后一种状态之中。这是个充满智慧的头脑,沉着冷静,掌控自如。这个头脑只有一个想法,一个目的——要置另一个人于死地。为了最终达到这个目的,一个阴谋正在纸面上精心筹划。每一种偶然情况,每一种可能性都被考虑在内。这件事必须确保万无一失。这个计划就像所有高明的计划一样,绝对不能机械刻板,在某些细节上必须有一些替代方案。而且,由于这个头脑很精明,它还知道必须要准备好相应精明的预案来应对意外情况的发生。但是阴谋的主线始终明确,并且已经经过了严密的验证。时间、地点、方法、谋杀对象……

这个身影抬起头来,用手拿起那几张纸,又仔细地通读了一遍。嗯,整件事情一清二楚了。

这张严肃的脸上掠过了一抹微笑。那是一抹有点癫狂的微笑。接着,这个人影深深地吸了一口气。

正如人是由上帝按照自己的形象创造出来的一样,眼前的这个人也正在拙劣地模仿着造物主的那种喜悦之情。

是的,一切尽在计划之中——每个人的反应都有所预期和估计,每个人的善与恶都加以利用,使它们能够与这个邪恶的目的步调一致。

还缺少一样东西……

写字的这个人面带微笑,在纸上写下了一个日期——那是九月的一天。

随后,伴着一阵大笑,纸张被撕得粉碎,碎片被拿在手里穿过房间,丢进了熊熊烈焰当中。没有一丝疏忽。每一个碎片都被烧成了灰烬。现在,这个计划就只存在于它的制订者的头脑中了。

三月八日

巴特尔警司正坐在早餐桌旁,他在缓慢而又仔细地读着一封信,那是他太太刚刚眼泪汪汪地递给他的。从他的脸上看不出任何表情,因为他向来喜怒不形于色。这张脸的样子就像是用木头雕刻出来的一般,看上去就耐久可靠,从某种意义上来说让人过目不忘。巴特尔警司从来不会使人联想到才华横溢这个词,无疑他并不是个聪慧过人的人,然而他身上具有某些其他的特质,难以形容，却又强劲有力。

"我真没法相信，"巴特尔太太一边啜泣一边说道，"西尔维娅啊！"

西尔维娅是巴特尔警司和他太太的五个孩子中最小的一个。她今年十六岁，在梅德斯通①附近的学校上学。

信是那所学校的女校长安姆弗雷小姐写来的。这是一封意思明确、态度恳切、措辞极有分寸的信。信上白纸黑字地写着近一段时间以来，一系列的小偷小摸事件让校方伤透了脑筋，事情最后终于水落石出，西尔维娅·巴特尔已经坦白交代，安姆弗雷小姐希望尽早见到巴特尔先生和太太，以便"商讨一下这种状况"。

巴特尔警司把信叠好，放进自己的口袋，说道："这件事交给我吧，玛丽。"

他站起身，绕过桌子，轻轻拍了拍她的脸颊说："别担心，亲爱的，不会有事的。"

留下安慰和保证以后，他走出了屋子。

当天下午，巴特尔警司就来到了安姆弗雷小姐那间既有现代感又充满个人特色的会客室里。他正襟危坐，一双粗笨的大手放在膝盖上，面对着安姆弗雷小姐，想方设法让自己比平时看起来更像一个警察。

安姆弗雷小姐是一位颇有建树的校长。她极有个性——表现在很多方面，她思想开明，与时俱进，把遵守纪律和现代的自觉观念结合在了一起。

她的房间可以看作是米德威校风的代表。每一件东西都是清爽的燕麦色——广口大花瓶里插着黄水仙，花盆里种的是郁金香

---

① 英格兰东南部肯特郡的首府。

和风信子。有一两件漂亮的希腊古董仿制品,两座高级的现代雕塑,墙上挂着两幅早期的意大利画作。在这一切的包围之中,安姆弗雷小姐一袭深蓝套装,脸上的热切让人联想到认真负责的灵缇犬,厚厚的镜片后面是一双看起来很严肃的清澈的蓝眼睛。

"重要的是,"她以清晰悦耳的嗓音说道,"这件事应该得到妥善的处理。我们必须要顾及姑娘本人,巴特尔先生。西尔维娅她自己!最重要的是——她的人生不应该以任何方式遭到破坏。绝不能让她承担负罪感,就算要责备她的话,也得非常非常谨慎。我们必须要弄清楚这些小偷小摸行为背后的原因。也许是一种自卑情绪在作祟?你知道,她不是特别擅长运动,或许她会有一种想在其他领域里出出风头的朦胧愿望,那种想要宣扬自我的渴望?我们必须要非常非常小心。这也是为什么我想先单独见见你的原因——我得让你记住,对待西尔维娅要非常非常谨慎。我再重复一遍,找到这一系列举动背后的原因极其重要。"

"安姆弗雷小姐,"巴特尔警司说道,"这也是我来这里的目的。"

他的声音很平静,脸上不露声色,眼睛仔细地打量着女校长。

"我一直对她很和蔼。"安姆弗雷小姐说。

巴特尔简洁地应道:"谢谢您,校长。"

"要知道,我是真心喜爱并且理解这些小家伙们的。"

巴特尔并没有直接回应。他说:"如果你不介意的话,安姆弗雷小姐,我想要见见我女儿。"

安姆弗雷小姐再一次告诫他,向他强调要小心谨慎,慢慢来,不要招惹一个正在成长为女人的女孩的反感。

巴特尔警司没有表现出半点不耐烦。他只是看起来面无表情。

最终她把他带到了书房。在过道里,他们从一两个女孩身边经过。她们毕恭毕敬地立正站好,眼睛里却满是好奇。在把巴特尔领进一间不像楼下那间彰显个性的小房间之后,安姆弗雷小姐说她要去把西尔维娅叫来,然后转身准备离开。

就在她将要走出房间的时候,巴特尔叫住了她。

"稍等一下,小姐,你是怎么认定西尔维娅该为这些……呃……娄子负责的呢?"

"我用的是心理学方法,巴特尔先生。"

安姆弗雷小姐威严十足地说道。

"心理学?嗯,那证据呢,安姆弗雷小姐?"

"没错,没错,巴特尔先生,我相当理解——你会这么想的。这是因为你的……呃……职业缘故吧。不过,心理学已经开始在犯罪学领域里得到了认可。我可以向你保证没有搞错,是西尔维娅自愿地承认了所有事情。"

"是的,是的,这个我知道。我只是问你从一开始怎么就认定她了呢?"

"是这样的,巴特尔先生,姑娘们柜子里丢东西的事情愈演愈烈,于是我把全校的人都召集在一起,告诉她们这个事实。与此同时,我不声不响地观察她们的脸。西尔维娅的表情立即引起了我的注意。那是一种愧疚——一种困惑。我当时就知道是谁干的了。我不想就这件事跟她对质,而是想让她自己坦白。我给她安排了一个小小的试验——一次词语联想测试。"

巴特尔点点头表示他明白这是什么意思。

"最后这孩子全都承认了。"

这位父亲说:"我懂了。"

安姆弗雷小姐犹豫了片刻，随后走出了房间。

房门再次打开的时候，巴特尔正站在那里望着窗外。

他慢慢回过身来，看着他的女儿。

西尔维娅就站在门边，门已经在她身后关上了。她的身材高挑、肤色黝黑、骨瘦如柴，一副闷闷不乐的样子，脸上还挂着泪痕。她用羞怯而非挑衅的口吻开口说道："嗯，我来了。"

巴特尔沉思着看了她一小会儿，然后叹了口气。

"我真不该送你到这个地方来，"他说，"那女人就是个白痴。"

西尔维娅一时感到很错愕，甚至都忘记了自己的问题。

"安姆弗雷小姐吗？哦，可她人可好了，我们都这么觉得。"

"嗯，"巴特尔说道，"要是她能像那样给别人灌输她自己的想法的话，那就还不算太傻。话虽这么说，米德威这个地方还是不适合你——尽管我事先也不知道——这种事在哪儿都有可能发生。"

西尔维娅双手交握，目光低垂，说道："我……我很抱歉，爸爸，我真的很抱歉。"

"你是该觉得抱歉，"巴特尔气哼哼地说道，"过来。"

她慢吞吞地穿过房间，带着几分不情愿向他走过去。他用那双坚实的大手托起了她的下巴，紧盯着她的脸。

"走投无路了，是吧？"他和蔼地说。

泪水涌上了她的眼眶。

巴特尔缓缓地说道："你看，西尔维娅，我一直都很了解你，这里面一定有隐情。绝大多数人都会有这样或那样的弱点。这在通常情况下是显而易见的。比如你能够看得出来一个孩子贪吃、坏脾气或者爱欺负人这类的毛病。而你是个乖孩子，非常文静……性情温和……什么麻烦都不惹……有时候这倒会让我担心。因为假如有这样一个你没发现的缺点,那么当它显现出来的时候可能就会让你不知所措。"

"像我一样!"西尔维娅说。

"没错,就像你。在重压之下你垮掉了——而且还是以一种非常奇怪的方式,这种方式奇怪到我以前从来没有见过。"

女孩突然不屑地说了一句:"我还以为你见过的小偷足够多呢!"

"哦,当然了,我对他们了如指掌。这也正是为什么我很清楚你不是小偷,亲爱的——并非因为我是你父亲,父亲们对他们的孩子可没有那么了解,而是因为我是个警察。你从来没在这里偷过任何东西。小偷有两类,有一类是因为抵抗不了那种突如其来的强大诱惑,而这种情况很少见——所以说诚实的正常人能够抗拒多么大的诱惑;另一类则差不多是把顺手牵羊当成了理所当然的事情。你不属于任何一种。你不是个小偷,而是个非同寻常的说谎者。"

西尔维娅开口道:"可是——"

他继续说下去。

"你已经全都承认了吧?是啊,我都知道了。从前有一个女圣徒,带着准备分给穷人的面包出门。她丈夫不乐意她这么做,碰见她就问篮子里装的是什么。她慌里慌张地说里面是玫瑰花,结果他揭开篮子一看,还真是玫瑰花——奇迹啊!现在如果你是圣伊丽莎白,带着一篮子玫瑰花出门去,碰见你丈夫问你拿的是什么的话,你肯定会惊慌失措,脱口说出'面包'来的。"

他顿了一下,又继续温和地说道:"事情就是这么发生的,对吗?"

一段稍长时间的沉默之后,女孩儿突然低下了头。

巴特尔说:"告诉我,孩子。究竟是怎么回事?"

"她把我们都叫到了一起,讲了一番话。我看见她的眼睛盯着我,我就知道她认为是我干的!我觉得我的脸红了——并且看到有几个女孩子在看着我。那滋味太难受了。接着其他女孩也开始看我,并且躲在角落里窃窃私语。我能看出她们都是怎么想的。后来有一天晚上,安普^①把我和其他几个人叫到这里来,带我们玩了一个猜词游戏——她说出一些词,我们回答——"

巴特尔表示厌恶地哼了一声。

"我能想到这是要干什么……而……而我好像整个人都被麻痹了。我努力试着不要说错词……尽量去想些不相干的事情……好比松鼠啊、花儿啊之类的……而安普一直盯着我,眼睛就像锥子一样——你知道吗,有点儿像那种烦人的监狱看守盯着犯人的眼神。再后来呢……情况就越来越糟糕了,终于有一天,安普找我谈话,态度特别和蔼……非常善解人意……而……而我就忍不住哭了,跟她说是我干的……哦!爸爸,说出来真是种解脱啊!"

巴特尔轻敲着自己的下巴。

"我听懂了。"

"你能理解吗?"

"不,西尔维娅,我不理解,因为我不会那么做。要是有谁试图让我承认我没干过的事,我肯定会给他下巴上来一拳。不过我明白这件事你是怎么走到这一步的了——而这么一来,你们那个目光锐利的安普可算是白捡了个现成的与众不同的心理学案例,这跟那些歪曲理论的半吊子鼓吹者没什么两样。现在要做的

---

①安姆弗雷的简称。

就是把这一堆乱七八糟的事情澄清。安姆弗雷小姐在哪儿?"

安姆弗雷小姐偏巧正在附近转悠。听到巴特尔警司毫不客气的话语时,她那一脸表示同情的微笑顿时凝固了。

"为了替我女儿讨个公道,我必须要求你通知本地警方来调查此事。"

"可是,巴特尔先生,西尔维娅她自己——"

"西尔维娅从没有碰过这个地方任何一件不属于她的东西。"

"我很理解你,作为一名父亲——"

"我不是以一个父亲的身份在说话,而是一名警察。通知警方来帮你解决这件事吧。他们会慎重调查的。我猜你们会发现那些失窃的东西被藏在了某个地方,而且上面刚好会有一整套指纹。小毛贼不会想到要戴手套的。我现在要带我女儿走了。如果警察找到了证据——货真价实的证据——证明她和失窃案有关的话,我会做好准备让她出庭,并且承担她理应承担的罪责,不过我一点儿都不为此担心。"

大约五分钟后,当他带着坐在旁边的西尔维娅驾车开出校门的时候,他问道:"那个浅黄色头发、稍微带些卷儿,脸蛋特别红,下巴上有个斑点,一双蓝眼睛分得很开的女孩是谁?我在走廊里的时候和她擦身而过。"

"听起来像是奥利夫·帕森斯。"

"啊,好极了,如果最后查出来是她干的,我丝毫都不会惊讶。"

"她看起来很害怕的样子吗?"

"没有,她看起来挺自命不凡的!这副冷静的自命不凡的嘴脸我在治安法庭上可见得多了!我愿意押一大笔钱赌她就是那个贼——不过你不会听到她坦白的——几乎不可能!"

西尔维娅叹了口气,说道:"就像是从一场噩梦中醒来一样。哦,爸爸,我很抱歉!哦,我真的很抱歉!我怎么会这么傻,傻到这种地步呢?这件事真是让我难受极了。"

"啊,好啦,"巴特尔警司一边说,一边腾出扶着方向盘的一只手,轻轻拍了拍她的胳膊,嘴里念叨起他最喜欢的那一套老掉牙的安慰人的话,"你不用担心啦。这些事情都是用来考验我们的。没错,这些事就是来考验我们的。至少,我是这么想的。我看不出还有什么其他的意义……"

四月十九日

阳光倾泻在内维尔·斯特兰奇位于欣德黑德的屋顶之上。

这是个四月天,却比即将到来的六月里的大多数日子还要热,这种情况通常一个月里至少会发生一次。

内维尔·斯特兰奇正走下楼梯。他穿着白色的法兰绒运动套装,胳膊下夹着四把网球拍。

如果要从英国人里选出一个无所欲求的幸运儿代表的话,选举委员会肯定会挑内维尔·斯特兰奇。他是个一流的网球选手,还是个全能运动员,在英国民众中算得上家喻户晓。虽说从未站到过温布尔登的决赛场地上,不过他已经好几次闯过了首轮关,还有两次打进了混双的半决赛。或许,他没能成为冠军级网球选手的原因是他太像个全能运动员了。他会打几杆高尔夫球,游泳游得不错,还成功地攀登过几回阿尔卑斯山。他今年三十三岁,身康体健,眉清目朗,家里有的是钱,最近还娶了个极其漂亮的太太,从各方面来看都是个无忧无虑的人。

尽管如此,当内维尔·斯特兰奇在这个明媚的早晨走下楼来的时候，还是有一抹阴影伴随着他。那是一抹也许除了他自己没人能够察觉到的阴影。不过他能意识到它的存在，一想到这个就会让他眉头紧蹙，脸上浮现出焦虑不安、举棋不定的神情。

他穿过大厅，端了端肩膀，好像要甩掉什么包袱似的，接着又穿过了起居室，来到外面用玻璃封闭起来的阳台上，他的太太凯正蜷缩在一堆垫子中间喝着橙汁。

凯·斯特兰奇二十三岁，美得不可方物。她身形柔弱，却又曼妙性感，有一头深红色的头发，完美的肌肤使得她仅需略施粉黛，而与红发相伴而生的乌黑的眼睛和眉毛更是让人觉得她惊艳绝伦。

她丈夫随口说道："嗨，美人儿，早餐吃什么？"

凯回答道："给你准备了看起来特别血淋淋的腰子……还有蘑菇……还有培根卷。"

"听起来很不错啊。"内维尔说。

他自顾自吃着早餐，又给自己倒了一杯咖啡。两个人和谐默契地同时沉默了片刻。

"喔，"凯一边扭动着她精心修剪过并且涂着鲜红色趾甲的脚趾，一边兴奋地说道，"没觉得这阳光很可爱吗？说到底，英格兰也没有那么糟嘛。"

他们俩刚刚从法国南部回来。

内维尔草草扫了一眼报纸的头版大标题后就翻到了体育版，只是"嗯"了一声。

接着，他把报纸放到一旁，边吃着吐司和果酱边打开他的信件。

收到的信很多，但大部分他都是直接撕了扔掉，净是些传单、广告和印刷品之类的东西。

"我不喜欢咱们起居室的配色了。我能让人再布置一下吗，内维尔？"

"随便你啊，美人儿。"

"孔雀蓝，"凯陶醉地说道，"和象牙白色的缎子面靠垫。"

"你还得再添一只猩猩。"内维尔说。

"你可以当那只猩猩。"凯说。

内维尔打开了另一封信。

"哦，对了，"凯说，"雪蒂想叫我们六月底坐游艇去挪威。真讨厌我们去不了。"

她小心翼翼地用余光瞄着内维尔，又惆怅地补了一句："我还是挺想去的。"

某种东西浮上了内维尔的脸庞，一丝阴云，一丝犹疑。

凯带着不满的语气说道："我们非要到沉闷乏味的老卡米拉家去吗？"

内维尔皱起了眉头。

"当然得去。听我说，凯，这个问题我们之前已经说清楚了。马修爵士以前是我的监护人，是他和卡米拉在照顾我。如果要说还有什么地方对我来说像家一样的话，海鸥角就是。"

"哦，好吧，好吧，"凯说，"如果我们非去不可，那就去。毕竟她死了以后那些钱都归我们，所以还是得巴结巴结她。"

内维尔气呼呼地说："这不是巴结不巴结的问题！她支配不了那笔钱。马修爵士把钱留给她，让她在有生之年代管，而之后就会交给我和我的妻子。这是个感情问题。你怎么就不明白呢？"

凯沉默了片刻，然后说道："我明白。刚才我只是装装样子罢了，因为……呃，因为我知道从某种程度上来说，她们也是看在你的面子上才允许我去那儿的。她们讨厌我！没错，她们的确讨厌我！特雷西利安夫人瞧不起我，而玛丽·奥尔丁跟我说话的时候也是处处提防。对你来说那儿当然很好，你又不知道究竟发生了什么。"

"她们看起来对你总是非常客气，彬彬有礼的啊。你也清楚得很，她们如果不这样，我是不会容忍的。"

凯从她漆黑的睫毛下投给他不可思议的一瞥。

"她们是够客气的。不过她们知道怎么找我的麻烦，让我不痛快。我是个后来者，是个外人，她们就是这么想的。"

"呃，"内维尔说，"就算这样，我想——那也挺正常的，不是吗？"

他说着站起身来，背对着凯看外面的景色，语气稍微有了点儿变化。

"哦，没错，我想那是挺正常的。她们都喜欢奥德丽，对吗？"她的声音微微有些颤抖，"亲爱的，有教养的、冷静而又无趣的奥德丽！卡米拉不会原谅我抢了她的位置。"

内维尔没有转过身来，他的声音无精打采，死气沉沉。他说："毕竟，卡米拉已经老了——年过七十了。你也知道，她那一辈人真的不喜欢离婚这种事。总的来说，我觉得如果考虑到她有多喜欢……奥德丽的话，她已经算是很好地接受目前这种现状了。"

当他说到那个名字的时候，嗓音有那么一点点变化。

"她们认为你亏待了她。"

"我确实是。"内维尔低声说，但没能逃过妻子的耳朵。

"哦，内维尔——别犯傻了。只是因为她喜欢小题大做，搞得满城风雨。"

"她没有小题大做。奥德丽从来不会小题大做。"

"好吧,你明白我的意思。因为她离开了,而且生病了,不管到哪儿都摆出一副伤心欲绝的样子。我管这个就叫小题大做!奥德丽不是个输得起的人。要我说的话,如果一个老婆没本事留住她丈夫,就应该大大方方地放手!你们两个人毫无共同之处。她从来不参加任何运动,那副蔫头耷脑、无精打采的样子就像……就像块洗碗布一样。全身上下了无生气!如果她真的关心你、在乎你,她就应该首先考虑你的幸福,并且为你将要跟某个更适合你的人高高兴兴地在一起而感到开心才对。"

内维尔转过身来,嘴边隐约挂着一丝讥讽的微笑。

"真是个小运动健将啊!还知道怎么玩爱情和婚姻的游戏!"

凯脸红了,笑出声来。

"好啦,也许我说得有点儿过分。但不管怎么说,事情一旦发生,也就只能这样了。你必须接受事实!"

内维尔平静地说道:"奥德丽接受了事实。她跟我离了婚,这样你我才能够结婚。"

"是啊,我知道——"凯迟疑了一下。

内维尔说:"你从来都没有理解过奥德丽。"

"对,我不理解。从某种程度上来说,奥德丽让我觉得毛骨悚然。我搞不懂她是怎么回事儿。你永远都不知道她在想什么……她——她有点儿吓人。"

"哦,别瞎说了,凯。"

"好吧,她吓着我了。或许是因为她很聪明吧。"

"我可爱的小傻瓜啊!"

凯笑了起来。

"你总是这么叫我!"

"因为你就是啊!"

他们相视而笑。内维尔走到她身边,俯下身子,在她的后颈上吻了一下……

"可爱的、迷人的凯。"他低语道。

"特别乖的凯,"凯说,"放弃了一次美好的游艇之旅,还要去看她丈夫那些古板的维多利亚时代亲戚的脸色。"

内维尔走回桌边,坐了下来。

"你知道吗,"他说,"如果你那么想参加这次旅行的话,我不明白我们为什么不能和雪蒂一起去。"

凯惊讶地坐了起来。

"那盐溪和海鸥角怎么办?"

内维尔用有些不自然的声音说道:"我不明白为什么我们不能等到九月初再去那里。"

"哦,不过内维尔,想必——"她欲言又止。

"我们七八月都不能去,因为有锦标赛,"内维尔说,"但八月的最后一周比赛就结束了,地点就在圣卢,我们正好可以从那里去盐溪。"

"哦,这个时间太合适了,简直完美极了。不过我想……呃,她通常都是九月份去那里的,不是吗?"

"你是说奥德丽?"

"是啊。我猜她们能找个借口让她晚点儿去,只是——"

"她们为什么要让她晚点儿去?"

凯将信将疑地盯着他。

"你是说,咱们要同时到那儿?这个主意太让人吃惊了。"

内维尔性急地说道:"我一点儿都不觉得这有什么可吃惊的。现如今很多人都会这样。我们为什么不能在一起成为朋友呢?这么一来事情就简单多了。哼,那天你自己还这么说过呢。"

"我这么说过?"

"可不是吗,你都不记得了?那天我们谈到豪斯他们家,谈到伦纳德的新任太太和他前妻是挚友的时候,你还说这种对待问题的方法很理智文明呢。"

"哦,我是不介意啊。我的确认为这样挺理智的。只不过——嗯,对这件事,奥德丽可能不会这么想。"

"胡说八道。"

"这可不是胡说八道。你知道吗,内维尔,奥德丽真是爱你爱得死去活来——我觉得她连一小会儿都忍受不了。"

"你大错特错了,凯。奥德丽认为那会是件相当好的事情。"

"奥德丽——你这话什么意思?奥德丽认为?你怎么知道奥德丽是怎么认为的呢?"

内维尔看上去稍显尴尬。他有点儿难为情地清了清嗓子。

"事实上,我昨天去伦敦的时候碰巧遇见她了。"

"你都没告诉过我。"

内维尔有些着急地说道:"我现在就在告诉你。那纯粹是偶然。我正穿过海德公园的时候,就看见她恰好迎着我走过来。你总不会想让我一见着她撒腿就跑,对吧?"

"不,当然不会,"凯瞪大了双眼,说道,"说下去。"

"我……我们……呃,我们就站住了,当然啦,然后我就掉转方向和她走了一段。我……我觉得这是起码的礼貌。"

"往下说。"

"然后我们就找了两张椅子坐下来说话。她表现得很亲切——真的很亲切。"

"这下你可美坏了。"

"再然后我们就聊天,你知道吗,一件事接一件事地聊。她看上去很自然,也很正常——反正就是那样啦。"

"不简单啊!"

"她还问起你怎么样——"

"她太客气了!"

"接着我们又聊了聊关于你的事。说真的,凯,她没法表现得更亲切了。"

"亲爱的奥德丽啊!"

"后来我脑子里突然就想到——你明白吗,要是你们俩能够成为朋友……要是我们大伙儿都能聚在一起,那该有多好啊。我想或许今年夏天我们可以把这个聚会安排在海鸥角进行。安排在那种地方可算是再自然不过了。"

"是你想出的这个点子?"

"我……呃……没错,当然是。那都是我的主意。"

"你一个字都没对我提过你有这种想法。"

"嗯,我也只是在那个时候刚好想到的。"

"我懂了。不管怎么说,这是你提议的,而奥德丽认为这是个绝妙的好主意?"

直到此时,内维尔似乎才觉察到凯态度中的某些东西。

"怎么啦,美人儿?"

"哦不,没有!没什么!你或者奥德丽就没有想过我是否也会觉得这是个绝妙的主意吗?"

内维尔凝视着她。

"可是,凯,你又究竟有什么可介意的呢?"

凯咬着嘴唇。

内维尔继续说道:"就在那天,你自己也说过——"

"哦，别再把那些话翻出来了！我那时候说的是别人，不是我们。"

"不过在一定程度上，也正是那些话，才让我想到这个主意的。"

"我可真傻。那并不代表我就相信那种说法。"

内维尔带着一脸沮丧看着她。

"可是，凯，你为什么要介意呢？我是说，你根本就没有什么可介意的啊！"

"没有吗？"

"呃，我的意思是——要说吃醋什么的，也应该是她啊。"他顿了一下，嗓音有了些变化，"听我说，凯，你和我特别对不住奥德丽。不，我不是这个意思，这和你一丁点儿关系都没有。是我对不住她。光说我是不得已是没有用的。我觉得如果能促成这次聚会，我会感到好过些。这会让我快乐很多。"

凯缓缓地说道："这么说你一直都不快乐？"

"亲爱的小傻瓜，你想到哪儿去了？我当然一直都快乐了，简直快乐无比。只是——"

凯打断了他的话。

"只是——问题就在这儿！这个家里总会有个'只是'在。这地方四处都有个该死的阴影在飘荡，奥德丽的阴影。"

内维尔盯着她。

"你是想说你吃奥德丽的醋？"他问道。

"我不是吃她的醋。我是害怕她……内维尔，你不知道奥德丽是个什么样的人。"

"我跟她结婚以后一起生活了八年多，还不知道她是什么样的人？"

"你不知道,"凯重复道,"奥德丽是个什么样的人。"

四月三十日

"荒唐透顶!"特雷西利安夫人说道。她在靠枕上挺直了身子,怒气冲冲地环顾着整个房间。"绝对是荒唐透顶!内维尔肯定是疯了。"

"这看上去确实有点儿古怪。"玛丽·奥尔丁说。

特雷西利安夫人长着一个引人注目的狭长鼻梁,只要她愿意,就能让自己看上去有足够的说服力。尽管已经年过七十,身体虚弱,但她与生俱来的思维活力却丝毫没有减损。诚然,从她总是半睁半闭着眼睛躺在那里的时候算起,她已经远离世事纷扰很长时间了,不过在这种半睡半醒的表象之下,她还是会显现出她其实依然牙尖嘴利,耳聪目明。借着房间一角那张大床上靠枕的支撑,她的派头俨然就像某个法国皇后。玛丽·奥尔丁是她的一个远房表妹,跟她同住并且照顾她的起居。这两个女人在一起和睦相处,水乳交融。玛丽三十六岁,却有着一张岁月都很难在上面留下痕迹的光滑脸庞。她的外貌看上去既可以说像三十岁,也可以说像四十岁。她身材姣好,透着一种知书达礼的感觉,满头青丝中前额的一缕白发透露出她的一点点个性。这种形象一度成为一种时尚,不过玛丽的这缕白发可是自然长出来的,打从她还是个小姑娘的时候就有了。

此时,她正若有所思地低头看着特雷西利安夫人递给她的那封内维尔·斯特兰奇写来的信。

"是啊,"她说,"看起来确实有点儿古怪。"

"你不会告诉我,"特雷西利安夫人说,"这是内维尔自己的主意吧？肯定是什么人唆使他这么干的。没准儿就是他那个新太太。"

"凯？你觉得这是凯的主意？"

"很像是她，初来乍到又庸俗粗鄙！如果夫妻间不得已要公开他们相处时遇到的困难并且需要诉诸离婚的话，那么他们至少应该体面地分开。在我看来，让新太太和旧太太交朋友的做法实在是令人作呕。现如今大家都没什么底线了！"

"我猜这只不过是时下里比较时髦的处理办法吧。"玛丽说。

"在我的家里可不会发生这种事，"特雷西利安夫人说，"我认为，能让那个涂着鲜红色脚指甲油的货色来我家，我已经算是仁至义尽了。"

"她可是内维尔的太太。"

"千真万确。所以我才觉得马修会乐意让我这么做。他很喜欢这个小伙子，总是想让他把这儿当成家。要是我拒绝让他太太来，那就是在公然违背马修的心愿了，所以我让步了，叫她也来这里。我不喜欢她。内维尔娶了她完全就是个错误——门不当，户不对！"

"她出身还是相当不错的。"玛丽安抚地说道。

"坏坯子！"特雷西利安夫人说，"我告诉过你，她父亲自从那桩桥牌事件之后就不得不辞去所有俱乐部里的职务。幸好没过多久他就死了。而她母亲在里维埃拉可是臭名昭著。这姑娘得是在什么样的环境里长大的啊。除了酒店生活之外什么也没有——对了，还有她那个妈！后来她在网球场上认识了内维尔，就对他死缠烂打，一刻都不消停，直到让他跟他太太——他极其钟爱的太太——离了婚，最终跟她跑了为止！这件事从头到尾都得怪她！"

玛丽淡淡地一笑。特雷西利安夫人是个老派人，遇到这种事情总是会责备女人而袒护男方。

"我觉得，严格来说，内维尔同样难辞其咎。"她说。

"内维尔也有很大责任，"特雷西利安夫人表示同意，"他有个那么迷人的太太，一直都那么爱他——或许是太爱了吧。不过，要不是因为那个女孩纠缠不休，我相信他肯定会幡然醒悟的。可她却铁了心要嫁给他！没错，我完全站在奥德丽这一边。我非常喜欢奥德丽。"

玛丽叹了口气。"这种情况真是很棘手啊。"

"是啊，的确如此。面临这种困难局面总是会令人不知所措。马修喜欢奥德丽，我也一样，尽管她无法更多地跟内维尔一起参与他那些娱乐活动，这或许是个缺憾，但你无法否认，对于内维尔来说，她是个非常出色的妻子。她本来就不是个运动型的姑娘。这个变故让人极其痛心。在我还是个姑娘的时候，这类事情根本就不会发生。男人们难免会去外面拈花惹草，不过他们可不能随随便便闹离婚。"

"好吧，他们现在能了。"玛丽直言不讳。

"说对了。亲爱的，你懂得的人情世故还真不少。总在这里追忆往昔什么用处都没有。像凯·莫蒂默这样的女孩子，偷了别人的丈夫也不会有人觉得她们有什么不好，事情就是这样！"

"除了像你这样的人，卡米拉！"

"我不算数。那个叫凯的货色才不会担心我对她赞同不赞同呢。她得忙着过她的好日子。内维尔来的时候可以带着她，我甚至也愿意接待她的那些朋友——尽管我不怎么喜欢那个总是围着她转的长相很做作的小伙子。他叫什么来着？"

"特德·拉蒂默？"

"就是他。那是她在里维埃拉的时候结交的朋友。我特别想知道他是靠什么来谋生的。"

"靠他的小聪明。"玛丽暗示道。

"那还情有可原。我总觉得他是靠脸蛋吃饭的。内维尔太太交上这种朋友可不好！我不喜欢去年夏天他们夫妻待在这儿时，他也跟着住在复活节海湾酒店。"

玛丽从打开的窗户向外看去。特雷西利安夫人的房子坐落在俯瞰燕鸥河的悬崖峭壁上。河对岸是复活节海湾新建成的避暑胜地，包括一个大型海滨浴场、一排现代化小别墅，以及一家位于海岬之上、面朝大海的大酒店。盐溪本身是一个散落于山侧的风景如画的渔村。它古旧保守，对于复活节海湾和它夏日里的访客存有深深的鄙夷。

复活节海湾酒店几乎就在特雷西利安夫人房子的正对面，玛丽的目光此时正越过狭窄的河面眺望着这幢矗立在那里、耀眼夺目的崭新建筑。

"我很高兴，"特雷西利安夫人闭上双眼说道，"马修从来没有看见过那栋俗气的建筑。他在世的时候这海岸线还没怎么被破坏呢。"

马修爵士和特雷西利安夫人三十年前就来到海鸥角了。马修爵士是个热情高涨的航海爱好者，九年前他不慎弄翻了小艇，几乎就在妻子的眼皮底下活活淹死了。

所有人都以为她会变卖海鸥角的房子，离开盐溪，然而特雷西利安夫人没有这么做。她依然住在这所房子里，大家看到她所做的唯一举动就是处理掉了所有的船，并且拆除了船屋。从此，再来海鸥角的客人就无船可用了。他们只能一路走到渡口，找那里的那些船夫租船。

玛丽有几分迟疑地说道:"那用不用我给内维尔写封信,告诉他他的安排和我们的计划不太一致?"

"我当然不会干扰奥德丽的来访。她通常都是在九月份来我们这里,我不会让她改变计划的。"

玛丽低下头看着信,说道:"你也看见了,内维尔说奥德丽……呃……赞成这个主意——说她很愿意见见凯吧?"

"我就是不相信这点,"特雷西利安夫人说,"内维尔和所有男人一样,只相信他想相信的东西!"

玛丽坚持说道:"他说他实际上已经跟她说过这件事了。"

"这么做实在是太奇怪了!不——也许,说到底也不算很怪!"

玛丽诧异地看着她。

"就像亨利八世。"特雷西利安夫人说。

玛丽看上去一头雾水。

特雷西利安夫人详细解释了她最后那句话。

"你知道吗,良心不安啊!亨利一直试图想让凯瑟琳认同离婚是件很正当的事情。内维尔也知道他自己的行为很恶劣——对这件事他想要求个心安。于是他一直在逼迫奥德丽,想让她说一切都很好,说她愿意来这里见见凯,说她丝毫都不介意。"

"我有点儿纳闷。"玛丽慢吞吞地说。

特雷西利安夫人目光锐利地看着她。

"你心里在想什么,亲爱的?"

"我在纳闷——"她停顿了一下,又继续说道,"这个……这个看起来太不像内维尔了——我是说这封信!你难道不觉得,出于某种原因,是奥德丽想要安排这次……这次会面吗?"

"她怎么会想?"特雷西利安夫人严词道,"内维尔离开她以后她就投奔了姨妈罗伊德太太,住在教区长的家里,在那儿她彻底崩溃了。她完完全全就像鬼魂一样。显然,这件事对她的打击太大了。她一向沉静内敛,对事物的感受却很强烈。"

玛丽不自在地挪了挪身子。

"是啊,她的感情是很强烈。在很多方面都是个奇怪的姑娘……"

"她受了不少苦……后来离婚手续办妥了,内维尔也娶了那个女孩,奥德利这才开始一点一点地从这场变故中恢复过来。现在她几乎已经恢复如初了。你可别告诉我她又想要旧事重提吧?"

玛丽带着一点点固执说道:"内维尔说是她想。"

老太太好奇地看着她。

"玛丽,你在这件事上还真是出奇地固执啊。为什么?你想让他们一起来这儿?"

玛丽·奥尔丁的脸涨得通红。"不,当然不是了。"

特雷西利安夫人厉声说道:"该不会是你给内维尔出的这个主意吧?"

"你怎么会有如此荒唐的想法呢?"

"哼,我压根儿不相信这真是他的主意。这不像内维尔。"她稍停了片刻,脸上的阴云散去了。"明天是五月一日,对不对?好吧,五月三日奥德丽会到伊斯班克的达林顿家小住,离这儿只有二十英里。给她写封信,让她过来吃顿午饭。"

五月五日

"斯特兰奇太太来了,夫人。"

奥德丽·斯特兰奇走进宽敞的卧室,穿过房间来到大床边上，俯下身来吻了吻床上的老太太，然后在为她准备好的椅子上坐了下来。

"见到你真高兴，亲爱的。"特雷西利安夫人说道。

"见到你我也很高兴。"奥德丽说。

奥德丽·斯特兰奇周身散发着一种让人难以捉摸的气质。她中等个头，手脚很小，灰金色的头发，脸上几乎没什么血色，一双清澈的浅灰色眼睛分得很开，她的五官端正，娇小玲珑，鹅蛋形苍白的小脸正中有一个笔直的小鼻子。配上这样的肤色，再配上这样一张漂亮却算不得标致的脸，不管怎么说，都使她拥有了一种你既无法否认也无法忽视的气质，会吸引你的目光一而再再而三地停留在她身上。她有点儿像个幽灵，但同时你又会觉得幽灵或许会比活生生的人显得更加真实……

她说话的声音格外悦耳、温婉清晰，如同小银铃一般。

她和老太太先是就共同的朋友和时事新闻聊了几分钟。接着特雷西利安夫人说道："亲爱的，我叫你来，除了是想见见你高兴高兴以外，还因为我收到了一封内维尔寄来的奇怪的信。"

奥德丽抬起头来。她的眼睛睁得很大，眼神却平静安详。她说道："哦，是吗？"

"他提出了……一个荒唐透顶的提议，反正我是这么评价的！说他和……和凯九月份要来这里。他说他想让你和凯交个朋友，还说你本人也觉得这个主意不赖？"

她停下来等待着。没一会儿奥德丽就用她温和平静的声音开口说道："这个主意……有那么荒唐吗？"

"亲爱的，难道你当真想让这样的事情发生？"

奥德丽再一次沉默了片刻，然后从容不迫地说道："你知道吗，我觉得这也可能会是件好事。"

"你真的想要见这个——你想见见凯?"

"我真的觉得,卡米拉,这样兴许会……让事情简单一些。"

"让事情简单一些!"特雷西利安夫人无可奈何地重复道。

奥德丽极其轻柔地说道:"亲爱的卡米拉啊。你一直都那么好。如果内维尔想要这样——"

"我才不管内维尔想要哪样呢!"特雷西利安夫人不由分说地说道,"关键问题在于,你想不想?"

奥德丽的双颊泛起淡淡的红晕,就像贝壳散发出的柔和雅致的微光一样。

"是的,"她说,"我的确想。"

"好啊,"特雷西利安夫人说,"好啊——"

她住了口。

"不过,当然了,"奥德丽说,"这件事完全由你来决定。这是你的房子,而且——"

特雷西利安夫人闭上了眼睛。

"我是个老太婆了,"她说,"什么事都已经无所谓了。"

"不过当然——我也愿意换个其他时间来。我任何时候都可以的。"

"你就像以往一样还是九月份来吧,"特雷西利安夫人厉声说道,"内维尔和凯也会过来。虽说我老了,但我想我也能像其他任何人一样,让自己去适应世事的变迁。不用再说别的了,就这么定了。"

她再次闭上了双眼。过了一小会儿,她眯起眼睛盯着这个坐在她床边的年轻女子,说道:"好了,如你所愿了吧?"

奥德丽吃了一惊。

"哦,是啊,是啊。谢谢你。"

"亲爱的,"特雷西利安夫人说,语调深沉而关切,"你确定这么做不会受到伤害吗?你也清楚,你那么深深地爱着内维尔。这样一来会揭开你的旧伤疤的。"

奥德丽垂下了头,看着自己戴着手套的小手。特雷西利安夫人注意到,其中一只紧紧地抓着床沿。

奥德丽抬起头来。她的眼神平静而不为所动。

她说:"所有那些都已经过去了。完全过去了。"

特雷西利安夫人重重地靠回了她的靠枕上。"好吧,你自己心里有数。我累了——亲爱的,你现在得走了。玛丽正在楼下等你。告诉她们叫芭雷特上来。"

芭雷特是特雷西利安夫人忠心耿耿的老女仆。她进来的时候发现她的女主人正闭着眼睛躺在那里。

"我真是越早升天越好啊,芭雷特,"特雷西利安夫人说,"这世界上的一切我都无法理解了。"

"啊!可千万别这么说,夫人,您太累了。"

"是啊,我太累了。把那床鸭绒被从我脚上挪开,再给我拿一剂补药来。"

"是因为斯特兰奇太太来了才搅得你心烦意乱的。一位挺迷人的女士,但我得说,她真应该来点儿补药才是。不健康啊。看上去仿佛总是一副众人皆醉我独醒的样子。不过她够有个性的。可以这么说吧,就是总能让人感觉到她的存在。"

"太对了,芭雷特,"特雷西利安夫人说道,"没错,你说得太对了。"

"而且她不是那种你会轻易忘记的人。我常常在想,内维尔先生有时候会不会想起她。新任斯特兰奇太太非常漂亮——真的非常漂亮——但奥德丽小姐是那种当她不在的时候你会想起来的人。"

特雷西利安夫人突然轻声低笑着说道:"内维尔这个傻瓜,还想着要把那两个女人凑到一起去。他会为此后悔的!"

五月二十九日

托马斯·罗伊德叼着烟斗,正审视着那个一流的马来亚男仆用灵巧的双手打包他的行李。他的目光偶尔会扫一眼种植园里的风景。过去的七年中,他对这片风景已经熟稔于心,而马上他将有差不多六个月的时间看不到它了。

重返英格兰给他的感觉有些古怪。

他的同伴艾伦·德雷克往里看了一眼。

"喂,托马斯,收拾得怎么样啦?"

"一切就绪。"

"来喝一杯吧,你这个幸运的家伙。我羡慕死你了。"

托马斯·罗伊德缓步踱出了卧室,来到他朋友身边。他一言未发,因为托马斯·罗伊德是个格外惜字如金的人。他的朋友们已经学会了如何从他不同的沉默中正确解读出他的反应的本领。

他体格粗壮,有一张率直而严肃的脸和一双敏锐而沉重的眼睛,走起路来稍稍偏向一边,就像一只螃蟹。这是在一场地震中被门卡住的结果,而他也由此得了个"螃蟹隐士"的绰号。那次事故让他的右臂和肩膀有些不听使唤,加上走路姿势是那种不自然的僵硬,常常让人们以为他感到害羞和尴尬,而实际上他很少会有这类感觉。

艾伦·德雷克调好了酒。

"好吧,"他说,"一路顺风!"

罗伊德说了句什么，听上去像是"嗯哼"。

德雷克好奇地看着他。

"还是一如既往的冷静啊，"他说道，"真不知道你是怎么做到的。距离你上次回家有多久了？"

"七年——将近八年。"

"好久了。真奇怪你还没能完全地入乡随俗。"

"或许已经是了。"

"你总是跟大多数人不一样，那么沉默寡言！为这次假期做好安排啦？"

"呃……是……差不多吧。"

那张面无表情的古铜色的脸上突然染上了一层更深的砖红色。

艾伦·德雷克带着强烈的惊讶说道："我猜是为了个姑娘！他妈的，你脸都红了！"

托马斯·罗伊德声音有些沙哑地说道："别瞎猜！"

他猛吸了几口他那个古老的烟斗。

然后，他又一反常态，接着自己的话说了下去。

"也许，"他说，"回去以后我会发现情况有了点儿变化。"

艾伦·德雷克好奇地说："我一直都纳闷上次你为什么说不回去就不回去了。还恰好是在最后关头改了主意。"

罗伊德耸耸肩膀。

"本来想着回去打打猎可能不错。但就在那时，从家里传来了坏消息。"

"对了。我忘了。你弟弟死了——在那次车祸里。"

托马斯·罗伊德点点头。

尽管如此，德雷克还是认为因为这个原因就推迟回家的行程有些奇怪。家中有个母亲——他相信还有个妹妹。当然在那种时候——接着他想起了什么。托马斯是在他弟弟的死讯传来之前就取消了行程的。

艾伦难以理解地看着他的朋友。托马斯这个老家伙,真是出人意料!

如今事情已经过了三年,他可以开口问了。

"你和你弟弟关系很亲近吗?"

"艾德里安和我?也不是特别亲。我们俩总是各走各的路。他是个大律师。"

是啊,德雷克心想,截然不同的生活。伦敦的事务所,社交聚会——全凭三寸不烂之舌来谋生。他认为艾德里安·罗伊德肯定跟沉默的老托马斯有着天壤之别。

"你母亲还健在,是吧?"

"我妈妈?没错。"

"你还有个妹妹?"

托马斯摇了摇头。

"哦,我以为你有呢。在那张快照里……"

罗伊德咕哝道:"不算是妹妹。是个远房表亲之类的。她跟我们一起长大,因为她是孤儿。"

那古铜色的脸上再一次漫上了红晕。

德雷克暗想,喔哦——

"她结婚了吗?"

"结了。嫁给了一个叫内维尔·斯特兰奇的家伙。"

"是那个打网球什么的家伙吗?"

"没错。她又跟他离婚了。"

而你打算回家去碰碰运气,德雷克想。

他很识趣地改变了话题。

"打算去钓钓鱼还是打打猎?"

"我得先回家。然后我想在盐溪玩玩漂流。"

"我知道那儿。迷人的小地方。还有个像模像样的老式旅店呢。"

"是啊。叫巴尔莫勒尔宅邸。我有可能住在那儿,或者也可能在我那些有房子的朋友家将就一下。"

"听起来挺不错的。"

"嗯哼。盐溪是个宁静而令人愉快的地方,没人会催你。"

"我明白,"德雷克说,"是那种什么事都不会发生的地方。"

五月二十九日

"真是太让人生气了,"年迈的特里夫斯先生说道,"二十五年来,我一直入住丽海德的海洋酒店,而现在,你能相信吗,那儿整个被拆掉了。说是要扩大门面什么的,真是乱来。为什么他们就不能放过这些海滨地区呢?丽海德一向有它自身独特的魅力,摄政时期的风味,纯粹的摄政时期风味。"

鲁弗斯·洛德安慰他说道:"我想,那儿总还有其他地方可以住吧?"

"我真的觉得我不能去丽海德了。在海洋酒店,麦凯太太对我的需求了如指掌。每年我都住同样的房间。他们的服务也是始终如一。而那里的厨师非常棒,真是棒极了。"

"到盐溪去试试看怎么样?那儿有一家相当不错的老式旅店,叫巴尔莫勒尔宅邸。告诉你是谁开的吧,是一对姓罗杰斯的夫妇。女主人以前是老蒙特海德爵士的厨子——他们家的宴会可是伦敦最好的。后来她嫁给了男管家,两个人现在开了这家旅店。在我看来,这种地方正合你意。安静——没有那些爵士乐队——烹调和服务还都是一流的。"

"这主意不错,无疑是个好主意。那儿有带遮挡的露台吗?"

"有啊,有一个带顶棚的游廊,外面还有一个露台。要晒太阳还是要乘凉随你选。你愿意的话我还可以给你介绍一些周围的邻居。有位特雷西利安老夫人——她几乎就住在隔壁。那栋房子很迷人,她也很讨人喜欢,虽说身体很不好吧。"

"你说的是法官的遗孀?"

"就是她。"

"我以前认识马修·特雷西利安,我觉得我也见过她。一个很迷人的女人——不过,当然啦,那是很久以前的事情了。盐溪离圣卢挺近的,是吗?我在那一片有一些朋友。你知道吗,我真的觉得去盐溪是个非常好的主意。我应该写封信去问问详细情况。我想在八月中旬去那儿——八月中旬到九月中旬。我猜那儿应该有车库吧?还有,我的私人司机怎么办?"

"哦,有的。那里的设施都是最新的。"

"因为,你也知道,我必须得特别注意爬坡。尽管我猜那儿会有电梯,但我还是愿意选一楼的房间。"

"哦,都有,这些都不是问题。"

"听起来,"特里夫斯先生说,"似乎我的问题已经迎刃而解了。而我也很乐意跟特雷西利安夫人叙叙旧。"

七月二十八日

凯·斯特兰奇身穿短裤和淡黄色羊毛衫,正往前探身看着网球场上的两名选手。这是圣卢锦标赛的男子单打半决赛,内维尔迎战被视为网球界新星的年轻选手梅里克。他的卓越才华无可否认——他的某些发球根本让人无法招架——不过偶尔当年长选手的经验和球技占了上风的时候,他也只能自认倒霉。

比赛到了最后一盘,比分是三比三平。

特德·拉蒂默神不知鬼不觉地坐到了凯身边的座位上,以一种慵懒的讽刺口吻评论道:"忠实的妻子看着她的丈夫披荆斩棘,奋勇争先啊!"

凯吓了一跳。

"你可吓着我了。我都不知道你在这儿。"

"我总是伴你左右。这下你不就知道啦。"

特德·拉蒂默二十五岁,长相非常帅气——尽管那些抱有反感的老人家会对他说上一句:"一股外国佬味儿!"

他的皮肤被太阳晒成了漂亮的棕色,他同时还是个舞场高手。

他乌黑的眼睛特别能传情达意,他还有意让自己的声音听上去有一种演员般的自信。凯从十五岁起就认识他了。他们一起在朱安雷宾[①]抹防晒油晒太阳,一起跳舞,一起打网球。他们之间的关系不仅仅是朋友,还是盟友。

年轻的梅里克正从左发球区发球。内维尔的回球十分刁钻,漂亮的一击直接打到了死角。

"内维尔的反手很棒,"特德说,"比他的正手强。梅里克的弱点就在反手,而内维尔知道这点。他会尽可能地攻击他的反手。"

---

①法国著名的滨海旅游度假区。

这一局结束了。"四比三——斯特兰奇领先。"

下一局由他发球。年轻的梅里克击球不着边际,出界了。

"五比三。"

"内维尔打得不错。"拉蒂默说。

而接下来那个小伙子提起了精神。他开始打得小心谨慎,击球的速度也变化多端起来。

"他还挺有脑子的,"特德·拉蒂默说,"而且步法一流。这下子该有场恶战了。"

渐渐地,小伙子把比分追成了五比五平。然后他们又打成了七平,最终梅里克以九比七赢得了比赛。

内维尔来到网前,遗憾地摇摇头,微笑着和对方握了握手。

"年轻就是不一样啊,"特德·拉蒂默说,"十九岁对三十三岁。不过我可以告诉你原因,凯,为什么内维尔从来都没能真正成为冠军级别的选手。因为他实在是太不在意输赢了。"

"胡说八道。"

"真的。内维尔可一直都是个不折不扣的好球员。但我从来没有见过他因为输掉比赛而发脾气。"

"当然没有,"凯说,"大家都不会啊。"

"这可不对,他们真的会发脾气。我们都见过。网球明星们会放任自己的紧张情绪流露出来——他们也会斤斤计较,每球必争。不过老内维尔嘛——他总是做好了微笑着输球的准备,谁厉害就让谁赢。老天爷,我是有多讨厌这种公学精神啊!谢天谢地我从来没上过这样的学校。"

凯转过头来。

"你这话也太刻毒了吧?"

"不错!"

"我希望你就算不喜欢内维尔也别这么露骨。"

"我凭什么要喜欢他？他抢了我的姑娘。"

他的眼神停留在她身上。

"我不是你的姑娘。现实情况不允许。"

"可不是嘛。就连咱俩之间那点儿尽人皆知的事都一笔勾销啦。"

"闭嘴吧。我是爱上了内维尔才嫁给他的。"

"而他可是个大好人——大家都这么说！"

"你这是故意要惹我生气吗？"

她一边问一边转过头来。他冲她微微一笑——她随即也以微笑回应。

"夏天过得怎么样啊，凯？"

"马马虎虎吧。美好的游艇之旅。但这些网球比赛让我有点儿厌烦了。"

"这个比赛还要打多久？再有一个月？"

"是的。然后九月份我们要去海鸥角待两周。"

"我会住在复活节海湾酒店，"特德说，"我已经订好了房间。"

"这将是一次让人愉快的聚会！"凯说，"有内维尔和我，有内维尔的前妻，还有个回国度假的马来亚种植园主。"

"听起来还真够热闹的！"

"当然，还有那个土里土气的远房亲戚，累死累活地围着那个招人讨厌的老太太转——不过就算这样她也捞不着什么，因为钱最终得归我和内维尔。"

"或许，"特德说，"她并不知道这些？"

"那可就有意思了。"凯说。

不过她说这话的时候低着头，看着手里正在摆弄的网球拍，显得有点儿心不在焉。突然之间她倒吸了一口气。

"哦，特德！"

"怎么了，宝贝儿？"

"我也不知道。只是有时候我会觉得……觉得不寒而栗。我会有点儿害怕，感觉怪怪的。"

"这听起来可不像你啊，凯。"

"是不像我，对吗？反正不管怎么样，"她迟疑不决地微笑道，"你会住在复活节海湾酒店。"

"一切按计划进行。"

当凯在更衣室外面碰到内维尔的时候，他说："我看到你那个男朋友来了。"

"特德？"

"是啊，那条忠实的狗——或者说是忠实的小白脸更恰当。"

"你不喜欢他，是吗？"

"哦，我并不在乎他。你要是觉得把他玩弄于股掌之间能让你开心的话——"

他耸耸肩膀。

"我认为你是在吃醋。"

"吃拉蒂默的醋？"他看起来着实吃了一惊。

"特德还是魅力十足的。"

"确实。他有那种南美人的阴柔魅力。"

"你就是在吃醋。"

内维尔亲切地捏了她的胳膊一下。

"不，我才不吃醋呢，小美人儿。你尽可以有你那些乏味无趣的崇拜者——你喜欢的话让他们坐满全场都没问题。而我才是拥有者，十拿九稳。"

"你倒是很自信啊。"凯微微噘起嘴说道。

"当然了。你和我这叫天意。是天意让咱们相遇。天意又让咱们走到了一起。你记不记得咱们在戛纳相识的时候我正要去埃什托里尔，而当我到那儿的时候突然发现第一个遇见的人又是漂亮迷人的凯！我那时候就知道这是命中注定——想逃都逃不了。"

"这也不完全是天意，"凯说，"是我！"

"你说'是我'是什么意思？"

"因为就是我啊！你看，在戛纳的时候我听见你说你准备去埃什托里尔，我就开始给妈妈吹风，说得她也按捺不住了——这就是为什么你一到那里见到的第一个人就是凯。"

内维尔用一种有点儿奇怪的表情看着她，慢吞吞地说道："你以前从来没有告诉过我。"

"是啊，因为告诉你对你也没什么好处。还可能会让你自鸣得意！不过我一直都很擅长做计划。事在人为嘛！你有时候爱管我叫小傻瓜，但按我自己的看法我还是相当聪明的。我会促成事情的发生。有时候我不得不提前很久就制订计划。"

"动脑子的时候肯定很累。"

"你想笑就笑呗。"

内维尔突然带着一种令人不解的酸楚说道："我是不是才刚刚开始了解我所娶的这个女人呢？想知道天意——问问凯就可以！"

"你没真生气，对吧，内维尔？"

他有点儿漫不经心地说道："没有——没有，当然不会。我只是——在想……"

八月十日

富有而古怪的贵族科内利勋爵正坐在那张特别令他感到自豪和愉悦的大书桌旁边。这张书桌是他花了大价钱请人专门设计的,连整个房间的陈设都成了它的陪衬。房间布置得很气派,唯一回避不了的瑕疵就得算是科内利勋爵本人了,他是个胖乎乎的小个子男人,本就不太起眼,在那张大气书桌的映衬之下愈发显得像个小矮人。

在这富丽堂皇的场景中,走进来一名金发女秘书,并且与身边奢华的家具摆设显得非常协调。

她悄然无声地穿过房间,将一张纸条摆在了这个大人物的面前。

科内利勋爵低头看着它。

"麦克沃特?麦克沃特?他是谁啊?我从来没听说过。他有预约吗?"

金发女秘书表示他预约过了。

"麦克沃特,嗯?哦!麦克沃特!是那家伙!当然了!叫他进来,马上叫他进来。"

科内利勋爵欣喜地暗笑着,他的心情好极了。

他猛地向后靠回椅背,眼睛盯着他刚刚叫进来面谈的这个男人那张冷冰冰、不苟言笑的脸。

"你就是麦克沃特,嗯?安格斯·麦克沃特?"

"对。"

麦克沃特站得笔直,一脸严肃,生硬地回答道。

"你原先是跟着赫伯特·克莱的?我说得没错吧?"

"是的。"

科内利勋爵又开始轻笑起来。

"我完全了解你的情况。克莱的驾驶执照被记了违章,就是因为你不肯替他说话,不肯发誓说他当时的时速是二十英里!这事可把他气坏了!"他越笑越起劲。"在萨沃伊烧烤店里他把这事的前前后后都讲给我们听了。'那该死的拧种苏格兰人!'他就是这么说的!一遍一遍不停地说。你知道我是怎么想的吗?"

"一无所知。"

麦克沃特的语调很压抑。科内利勋爵却并未留意,能够回忆起自己当时的反应正让他觉得欣喜不已呢。

"我心里就想:这不正是我需要的那种人吗!那种不会被收买了之后去撒谎的人。你不必为了我去扯谎。我办事不用那种方式。我满世界在找诚实的人——可这种人实在太少了!"

这个小个子贵族发出了尖利的笑声,他那张像猴子一样精明的脸上都笑出了皱纹。麦克沃特纹丝不动地站着,并没有被逗乐。

科内利勋爵收住了笑,他的脸变得精明而机敏。

"如果你想要一份差事的话,麦克沃特,我倒是可以给你一个。"

"我需要一份工作。"麦克沃特说。

"这是件重要任务。这项任务只能交给具有优秀素质的人,而你已经具备了所有那些素质。我很喜欢这一点,而且这个人还得能够绝对……信得过。"

科内利勋爵等待着。麦克沃特没有说话。

"好吧,老弟,我能够完全指望你吗?"

麦克沃特不动声色地说:"就算我说当然能,你也没法确信。"

科内利勋爵哈哈大笑。

"你能胜任。你就是那个我一直在找的人。对于南美洲你了解吗?"

他开始讲述细节。半个小时以后,麦克沃特站在人行道上,他已经得到了一项既有趣,报酬又极其优厚的任务——而且这项任务还可以给他一个光明的未来。

命运之神在几经辗转之后,终于选择向他投来了微笑。而他此时却没有心情报之以一笑。尽管一回想起这次面谈,他的幽默感就会讨厌地冒出来,让他忍俊不禁,但他也没有得意忘形。善恶终有报,事实上,也正是缘于前任雇主对他的讽刺谩骂,才让这个机会来到了他的眼前!

他想自己还算是个走运的人。并不是说他在意这点!他乐意让自己专注于这项为了生计的任务,不带有热情,甚至也不为乐趣,而只是抱着一种日复一日、按部就班的态度。七个月前,他曾经试图了结自己的生命;一个偶然——一个纯粹的偶然,让这件事情节外生枝,然而他却并没有感到特别的庆幸。诚然,他现在已经不再想要自寻短见了。那个时期已经一去不返了。他承认,人没法那么冷血地杀死自己。生活中总会有些额外的刺激,沮丧、悲伤、愤怒或者绝望。你不能仅仅因为感到生活在单调乏味地周而复始就去选择自杀了断。

总体来说,他很高兴这份工作会带他离开英国。他将在九月底乘船前往南美洲。接下来的几个星期他要忙于整理装备,并且还得了解一下这件差事将会产生的稍显复杂的后果。

不过在启程离开这个国家之前,他还会有一周的闲暇时间。他想要弄明白该怎么打发那一周的时间。是待在伦敦呢,还是去别的地方?

他的脑海中浮现出了一个朦胧的想法。

盐溪怎么样？

"我很想到那儿走一趟。"麦克沃特自言自语道。

他想，这也算得上是一种冷幽默了。

八月十九日

"我的假期泡汤了。"巴特尔警司厌恶地说道。

巴特尔太太有些失望，不过作为一名警察的妻子，多年来她已经能够很冷静地对待这种失望之情了。

"哦，好吧，"她说，"那也没办法。我认为这应该是件有趣的案子吧？"

"并不像你想的那样，"巴特尔警司说，"这案子把外交部搞得团团转——所有那些个又高又瘦的年轻小伙子都在那儿上蹿下跳，逢人就说要保密，别声张。要收拾这个烂摊子再容易不过了——但我们得保全每个人的面子。不过这种案子我可不会把它写进我的回忆录，我是说假如我会蠢到写那玩意儿的话。"

"我想，我们可以推迟假期——"巴特尔太太犹豫不决地说道，但是她丈夫果断地打断了她的话。

"根本不用。你和姑娘们到布里特灵顿去——三月份的时候我就把房间订好了，浪费了太可惜。而我的打算呢，告诉你吧——等这件事情平息了以后，我就到吉姆那儿去待上一周。"

吉姆就是詹姆士·利奇督察，他是巴特尔警司的外甥。

"索廷顿离复活节海湾和盐溪都相当近，"他继续说道，"我可以去吹吹海风，洗洗海澡。"

巴特尔太太对此不以为然。

"更大的可能是他把你拉去帮他破个案子什么的！"

"每年的这个时候他们那儿都没什么案子——顶多也就是哪个女人从伍尔沃斯①顺走了鸡毛蒜皮的东西罢了。而且不管怎么说,吉姆都挺不错的——他的脑筋不需要再开窍了。"

"哦,好吧,"巴特尔太太说,"我希望一切顺利,不过还是有点儿失望。"

"这些事是用来考验我们的。"巴特尔警司向她保证道。

---

① 英国的百年零售老店。

白雪与红玫

1

托马斯·罗伊德在索廷顿一下火车,就发现玛丽·奥尔丁正在站台上等他。

他对她只存有些依稀的印象,而此时再见面,他颇为惊讶地发现她办起事情来干净利落,这让他很高兴。

她以他的教名称呼他。

"见到你真高兴,托马斯。过了这么多年了。"

"你们能帮我安排食宿实在是太好了。希望不会打扰你们。"

"哪儿的话,恰恰相反,我们都特别欢迎你来。那个是你的行李员吗?告诉他取上行李往这边走。我把车停在那边了。"

行李被装上了福特车。玛丽开车,托马斯坐在她身边。他们驶离了车站,托马斯注意到她是个很不错的司机,在车流中穿梭时既灵巧又谨慎,同时对于距离和空间的判断也非常出色。

索廷顿距离盐溪有七英里。他们一离开那个小镇开上大路,玛丽·奥尔丁就针对他的来访打开了话匣子。

"说真的,托马斯,你恰好在这个时候来可真是雪中送炭了。事情有点儿棘手——我们正好需要一个局外人,至少是部分意义上的局外人。"

"有什么麻烦事?"

他的态度一如既往地事不关己——几乎就是无精打采的。似乎他问这个问题,与其说是因为他有兴趣知道些消息,莫不如说是出于礼貌。而对于玛丽·奥尔丁来说,这种态度倒让她感到格外宽心。她太想找个人说说了——只不过她更愿意找一个对这件事没什么兴趣的人。

"呃……我们面临一个相当尴尬的局面。奥德丽在这儿,你可能也知道吧?"

她语带探询地停顿了一下,托马斯·罗伊德点了点头。

"而内维尔和他太太也在。"

托马斯·罗伊德的眉毛挑了起来。片刻之后他说道:"有点儿尴尬——嗯?"

"是有点儿尴尬。那是内维尔的主意。"

玛丽说到这里住了口。罗伊德一言未发,不过仿佛是感觉到他流露出一些不相信的意思似的,她又斩钉截铁地重复道:"那真是内维尔的主意。"

"为什么?"

她把手从方向盘上抬起了一下。

"哦,某种新潮的应对方式!大家都通情达理,在一起还是朋友。就是这种理念。但你知道吗,我觉得这不太行得通。"

"或许是行不通。"接着他又问道,"他那位新太太是个什么样的人?"

"凯吗?很漂亮,那是当然的。当真非常漂亮,而且相当年轻。"

"内维尔很喜欢她?"

"哦,是的。当然了,他们结婚才刚刚一年。"

托马斯·罗伊德慢慢地扭过头去看着她,嘴上略带笑意。玛丽连忙说道:"我并不是那个意思。"

"算了吧，玛丽。我觉得你就是那个意思。"

"好吧，你总是会禁不住意识到他们之间的共同之处真是太少了。比如说，他们的朋友吧……"她停了下来。

托马斯问道："他在里维埃拉认识她的，是吗？这件事我不太了解，只是从妈妈写的信里零星知道了一些。"

"没错，他们最初是在戛纳相识的。内维尔被迷住了，不过我能想象出来他以前也被迷住过——这无伤大雅。我仍然觉得假如当初能让他自己做主决定的话，那就什么都不会发生了。你也知道，他喜欢奥德丽。"

托马斯点点头。

玛丽继续说道："我觉得他并不想结束他的婚姻——我确信他不想。但那个姑娘却是铁了心。除非他离开他的妻子，否则她是不会善罢甘休的，而一个男人在那种情况下还能怎么办？当然啦，那也让他觉得有点儿飘飘然了。"

"她爱他爱得神魂颠倒，是吗？"

"我想应该是吧。"

玛丽的语气听上去有些拿不准。看着托马斯探询的目光，她的脸刷的一下红了。

"我这是有多么居心叵测啊！有个年轻小伙子总围在她身边转悠，就像是那种长得挺好看、专吃软饭的小白脸，他是她的一个老朋友——而我有时候就会忍不住想，内维尔那么有钱，那么出类拔萃，这件事跟这些事实真的就一点儿关系都没有吗？据我所知，这个女孩过去可是一文不名的。"

她停了下来，看起来一脸惭愧。托马斯·罗伊德只是不置可否地嗯了一声。

"不管怎么样，"玛丽说，"这些可能都只是女人间的闲言碎语！那个女孩是那种你会称之为光彩照人的人，或许正因如此才激起了我这个中年老处女说闲话的本能吧。"

托马斯若有所思地看着她，不过从他那张扑克脸上看不出任何对此的反应来。过了片刻之后，他说："但目前的麻烦究竟是什么？"

"你知道吗，我其实真的一点儿头绪都没有！这才是最奇怪的地方。我们理所当然地先跟奥德丽商量过——而她看起来似乎并不反对跟凯会面，她对待这件事的方式很讨人喜欢。其实她一直很讨人喜欢，没有谁能比她做得更好。当然了，奥德丽做任何事情都是恰到好处。她对待他们俩的态度也无可挑剔。你也知道，她的性格很内敛，谁都没法了解她内心真正的想法和感受——不过说实话，我根本不相信她会在意这些。"

"她没有理由在意。"托马斯·罗伊德说。过了好一会儿，他又说道："再怎么说，那也是三年前的事了。"

"像奥德丽那样的人会忘记吗？她是那么喜欢内维尔。"

托马斯·罗伊德在座椅里换了个姿势。

"她才三十二岁，来日方长呢。"

"哦，我明白。不过她当时真的很伤心。你知道吗，她的精神整个儿都垮了。"

"我知道。我母亲写信告诉我了。"

"在某种意义上，"玛丽说道，"我觉得对于你母亲来说，有个奥德丽需要照顾是件好事。这可以让她从自己的悲痛——从你弟弟的死亡中走出来。我们对那件事都感到很难过。"

"是啊。可怜的艾德里安。总是开车开得太快。"

随之是一阵沉默。玛丽把手伸出窗外打着手势，示意后车她要拐上那条通往盐溪的下山路。

当他们沿着蜿蜒狭窄的道路下行时,她开口说道:"托马斯——你很了解奥德丽吗?"

"还凑合吧。过去的十年里我都没怎么见过她。"

"是啊,不过她还是个孩子的时候你就认识她了。对于你和艾德里安来说,她就像姐妹一样吧?"

他点点头。

"她……她会不会在某些方面精神不太正常呢?哦,我指的可不完全是字面上的意思啊。不过我总觉得她现在有什么地方特别不对劲。她似乎是完全超然于世的,那种镇定自若的样子完美得都不自然了——而有时候我也会揣测她内心里究竟藏着什么。时不时地我会感到某种真实存在的强烈情感,却又让我完全摸不着头脑!不过我就是觉得她不太正常。这里面肯定有什么文章!这事让我坐卧不宁。我能感受到屋子里有一种氛围,它会影响每个人。我们都变得神经兮兮,一惊一乍的。但我又不知道这种氛围是怎么一回事儿。而且有时候它会让我心惊肉跳,托马斯。"

"让你心惊肉跳?"他那种慢悠悠又带点儿疑惑的口气令她略显神经质地笑了笑,她定了定神。

"听起来很荒唐……不过我刚刚说的就是这个意思——你来了对我们大家都有好处——可以转移一下注意力。啊,我们到了。"

不知不觉间他们已经拐过了最后一道弯。海鸥角就建在一片俯瞰着下方河流的岩石平台之上。它的两边是悬崖峭壁,直插水中。花园和网球场位于房子的左侧。一个现代化的车库——那是后来加建的——在房子的另一边,实际上位于路的尽头。

玛丽说:"我先去把车停好再回来。赫尔斯多会照管你的。"

赫尔斯多是年长的男管家,他就像见到老朋友一样高兴地和托马斯打着招呼。

"见到您太高兴了,罗伊德先生,都过了这么多年了。老夫人也会非常高兴的。先生,您住在东边的房间里。我想大家都在花园里呢,还是说您想先去您的房间?"

托马斯摇了摇头。他穿过客厅来到落地窗前,窗子开着,外面就是露台。他在那儿站了片刻,看着外面,没有人注意到他。

露台上只有两个女人。其中一个坐在围墙的拐角处,向外望着下面的河水。另一个则在望着她。

前一个是奥德丽——而后一个,他知道肯定是凯·斯特兰奇。凯不知道有人在看着她,所以丝毫没有掩饰脸上的神情。或许在关于女人的问题上,托马斯·罗伊德并不是一个观察力敏锐的人,不过他还是可以毫无疑义地注意到,凯·斯特兰奇极其厌恶奥德丽·斯特兰奇。

而奥德丽的视线就那样望出去,越过河面,对于另一个人的存在,她似乎浑然不觉,或者根本就是熟视无睹。

托马斯上一次见到奥德丽还是在七年前。此时他非常仔细地打量着奥德丽。她有变化吗?如果变了,又是在哪方面呢?

他认定她确实发生了些变化。她变得瘦了些,脸色更苍白了,整个人看起来更加轻灵缥缈——不过除此之外还有别的,那是他说不太清楚的东西。她仿佛在极力压抑着自己,每一个举动都小心翼翼,但又无时无刻不在密切关注着她身边发生的一切。他想,她像个需要隐藏什么秘密的人。但那又是什么秘密呢?对于过去几年中她的遭遇他算是略知一二。他本来已经准备好要听到她说出些悲伤和失落的话语——但却远不是那么回事儿。她就像个孩子,手里紧紧攥着一件宝贝——让人没法不去注意她想要藏起来的东西。

然后他把目光转向了另一个女人——那个现在已经是内维尔·斯特兰奇的妻子的姑娘。是啊,非常漂亮。玛丽·奥尔丁说得一点没错。不过他也感觉到了一种危险。他想:假如她手里拿着一把刀的话,我可不会放心地让她去靠近奥德丽……

然而,她为什么要恨内维尔的前妻呢?那一切都已经是过去的事情了。奥德丽和他们如今的生活已经毫无瓜葛了啊。这时露台上响起了脚步声,内维尔绕过房子的转角处走了过来。他看上去热情洋溢,手里拿着一份画报。

"这是那份《时评画刊》,"他说道,"找不到另一份——"

接着,两个动作不约而同地发生了。

凯说:"哦,好啊,把它给我。"而奥德丽根本没有回头,几乎是漫不经心地把她的手伸了出来。

内维尔愣在两个女人中间,脸上现出几分尴尬。就在他开口之前,凯提高了嗓门说话,声音中夹带着一点点歇斯底里。"我要看,给我!给我啊,内维尔!"

奥德丽·斯特兰奇吃了一惊,她收回手转过头来,脸上带着一种若有似无的不知所措,低声说道:"哦,真抱歉。我还以为你在跟我说话呢,内维尔。"

托马斯·罗伊德看到内维尔·斯特兰奇的脖子都变成了砖红色。他向前紧走三步,将画报递给了奥德丽。

这下子,她那种尴尬的神情愈发明显了,支支吾吾地说道:"哦,可是——"

凯把她的椅子粗暴地向后一推站了起来,接着就朝客厅的落地窗走去。托马斯没来得及让开,两人撞了个满怀。

这一撞让她不由得后退了一步;他连声道歉的时候她抬眼看着他。于是托马斯明白了她为什么没有看见他,因为泪水盈满了她的眼眶——他想,那是愤怒的泪水。

"嗨,"她说,"你是谁啊?哦,当然啦,你是那个从马来亚来的人!"

"是的,"托马斯说,"我就是那个从马来亚来的人。"

"我真希望自己现在就在马来亚,"凯说,"只要不是这儿,任何地方都好!我恨透了这所让人恶心、讨厌的房子!我恨透了这所房子里的每一个人!"

这种情绪激动的场景总是会为托马斯敲响警钟。他警惕地看着凯,紧张地咕哝道:"啊——嗯。"

"除非他们打起十二万分的小心,"凯说,"不然我可要杀人了!不是内维尔就是外头那个面无血色的毒妇!"

她与他擦肩而过,走出了房间,砰的一声摔上了门。

托马斯·罗伊德站在那里一动没动。他不太确定接下来该干些什么,不过他很高兴年轻的斯特兰奇太太已经走了。他就这样站着,眼睛盯着她刚刚那么拼命撞上的门。这个新任的斯特兰奇太太,真是只母老虎。

落地窗外的光线一暗,内维尔·斯特兰奇出现在敞开的两扇玻璃之间。他的呼吸有些急促。

他心不在焉地和托马斯打了个招呼。

"哦——呃——嗨,罗伊德,都不知道你已经到了。我说,你看见我太太了吗?"

"她刚刚从这儿过去。"托马斯回答。

内维尔紧跟着也从客厅的门走了出去。他看起来一肚子火气。

托马斯·罗伊德缓缓地穿过敞开的落地窗。他不是个走路脚步很重的人,所以直到他来到距离奥德丽只有几码远的地方她才回过头来。

接着他看到那对分得很开的眼睛睁得更大了，他看到她的嘴也张开了。她从围栏上滑下来，伸开双手向他走来。

"哦，托马斯，"她说，"亲爱的托马斯！你来了我有多开心啊。"

就在他将那两只雪白的小手握在自己手中，并向她俯下身去的时候，玛丽·奥尔丁走到了落地窗前。看见露台上的那两个人之后她停住了脚步，注视了他们片刻后，她慢慢转过身走回了屋里。

2

内维尔在楼上凯的卧室里找到了她。这栋房子里唯一一间较大的、能住下两个人的房间是属于特雷西利安夫人的。已婚夫妇通常被安排住在房子西侧的两个房间里，有门相通，还带有一间小浴室。那是一套独立的小套房。

内维尔穿过自己的房间，进了他太太的卧室。凯扑倒在床上。她抬起泪迹斑斑的脸，气冲冲地向他喊道："你可来了！也早该来了！"

"闹出这么大的动静到底是为了什么啊？你疯了吧，凯？"

内维尔说话的时候很平静，不过可以看出他鼻孔旁有一道凹痕，那表明他正克制着自己的怒气。

"你为什么把那本《时评画刊》给她而不给我？"

"凯，你可真是个孩子！大吵大闹的就为了一本小破画报啊。"

"你给了她，没给我。"凯执拗地重复道。

"好啊，为什么不能给她呢？这有什么关系吗？"

"对我来说有关系。"

"我搞不懂你这是在发什么疯。你待在别人家里的时候可不能表现得这么歇斯底里。你难道不知道在大庭广众之下应该怎么做吗?"

"你为什么把画报给了奥德丽?"

"因为她想要。"

"我也想要,而我是你太太。"

"如果是那样的话,从道理上来讲,就更应该给年长并且从法律意义上来说跟我没有关系的女人了。"

"她让我出洋相了!她就想要这样,而且还得逞了。你还向着她!"

"你现在说起话来就像个醋意大发的傻孩子。看在老天爷的分上,控制一下你自己,努力在大家面前举止得体一些吧!"

"我想,你是说像她那样吧?"

内维尔冷冷地说道:"不管怎么说,奥德丽能表现得像个淑女。她可不会当众出丑。"

"她就是要让你和我作对!她恨我,她在报复。"

"听我说,凯,你别再这么耸人听闻,像个彻头彻尾的傻子了好不好?我已经够烦的了!"

"那我们离开这儿!明天就走。我恨这个地方!"

"我们才来了四天。"

"那也待够了!我们走吧,内维尔。"

"你听好了,凯,我已经受够了这些。我们来这里是打算待两个星期的,我就准备在这儿待上两个星期。"

"如果你待上两个星期,"凯说,"你会后悔的。你还有你的奥德丽!你觉得她真是好极了!"

"我没觉得奥德丽好极了。我认为她是个极其亲切而且友好的人,我以前亏待了她,而她却是那么宽宏大量、不计前嫌。"

"这你就说错了。"凯说。她从床上站起身来,愤怒已经渐渐平息。她说话的声音一本正经——几乎可以说是很严肃。

"奥德丽还没原谅你呢,内维尔。有那么一两次,我看到她在看着你……我不知道她心里在想什么,但肯定有什么——她是那种不会让任何人知道她内心想法的人。"

"真遗憾,"内维尔说,"那样的人可不多见啊。"

凯的脸色变得惨白。

"你这话是说给我听的吗?"她的声音中透出几分危险的味道。

"是啊——你可没表现出什么含蓄,对吗?你心里哪怕是有一丁点儿坏脾气或者怨气,你都要直接说出口来。自己丢人不算,还让我跟着一起丢人!"

"还有什么要说的吗?"

她的声音冷冰冰的。

他用同样冷冰冰的声音说道:"如果你觉得我这样说你不公平,那我很抱歉。不过事实就摆在眼前。你的自制力跟小孩子比也强不到哪儿去。"

"你从来不会大发脾气,对吗?你总能做一个既有自制力又风度翩翩的正人君子!我不信你会有任何的情绪和感情。你就是个蠢货——一个冷血的蠢货!你为什么不能时不时地发泄一下?你干吗不冲着我大喊大叫,吼我骂我,让我去死呢?"

内维尔叹了口气,肩膀也耷拉了下来。

"哦,上帝啊。"他说。

他拂袖转身,离开了房间。

3

"你看起来就跟你十七岁的时候一模一样，托马斯·罗伊德，"特雷西利安夫人说，"还是一样板着张猫头鹰脸，而且话也不比那时候多多少。为什么不爱说话？"

托马斯含糊其辞地说道："我也不知道。我从来就不是个能说会道的人。"

"不像艾德里安。艾德里安聪明极了，说起话来也是机智风趣。"

"也许这就是原因所在，我总是把说话的机会留给他。"

"可怜的艾德里安，本来前途无量啊。"

托马斯点点头。

特雷西利安夫人改变了话题。她正在接见托马斯，她通常喜欢每次见一名访客，这样不会让她觉得很累，也使她能够把注意力集中到访客身上。

"你已经来了整整一天了，"她说，"你对我们这里的局面怎么看？"

"局面？"

"别装傻了。你明知故问。你很清楚我是什么意思，就是在我家里形成的这种三角关系。"

托马斯小心翼翼地说："似乎起了点儿小争执。"

特雷西利安夫人有些邪恶地笑了笑。

"跟你老实说吧，托马斯，我还觉得挺开心的呢。发生这种事情也非我本意——实际上我已经尽我所能地去阻止了，但内维尔一意孤行。他坚持要让这两个人碰面——现在他可算是自食其果！"

托马斯·罗伊德在他的椅子里稍稍挪动了一下。

"看起来很奇妙。"他说。

"把话说清楚。"特雷西利安夫人厉声说道。

"没想到斯特兰奇是这种人。"

"你说的这点很有意思。因为我也有这种感觉，这不像是内维尔的做事风格。内维尔和绝大多数男人一样，通常对于任何难堪或者可能发生的不愉快都是避之唯恐不及的。我怀疑这原本并不是内维尔的主意——不过，假如不是的话，我想不出来还能是谁的主意。"她停顿了一下，音调稍稍提高了一些又说道，"不会是奥德丽的吧？"

托马斯立即说道："不，不是奥德丽。"

"而我也很难相信会是那个倒霉的年轻女人凯出的主意。除非她是个非同寻常的演员。你知道吗，近来我都几乎开始替她感到难过了。"

"你不太喜欢她，对吗？"

"是的。在我看来，她既愚蠢无知又毫无风度。不过如我所言，我是真的开始为她感到难过了。她就像一只灯下的长腿蜘蛛一样，误打误撞，一错再错。对于该用什么武器，采取什么方式全然不知。坏脾气，没礼貌，像孩子一样粗鲁无礼——这一切对于像内维尔那样的男人来说只会起到最坏的效果。"

托马斯平静地说道："我认为奥德丽才是那个左右为难的人。"

特雷西利安夫人以锐利的目光扫了他一眼。

"你一直都还爱着奥德丽，是不是，托马斯？"

他的回答沉着冷静："就算是吧。"

"事实上是从你们都还是孩子，在一起玩的时候就开始了？"

他点点头。

"然后内维尔出现,从你的眼皮子底下把她抢走了?"

托马斯在椅子里不自在地动了动身子。

"得了吧——我一直都知道我没有机会。"

"失败主义者。"特雷西利安夫人说。

"我是个沉闷无趣的人。"

"闷头苦干的人!"

"老好人托马斯!——这就是奥德丽对我的感觉。"

"忠实的托马斯,"特雷西利安夫人说,"那是你的外号,不是吗?"

他微微一笑,这几个字唤回了孩提时光的回忆。"真有意思!我已经很多年没听别人这么叫我了。"

"现在它可能会为你派上用场。"特雷西利安夫人说。

她明确并且从容不迫地迎向了他的目光。

"忠实,"她说道,"是任何一个有过奥德丽那样经历的人可能会欣赏的品质。托马斯,一生如忠犬一般的爱慕,有时候是会得到回报的。"

托马斯·罗伊德垂下眼帘,手指笨拙地摸索着烟斗。

"这个,"他说,"正是我回家的希望所在。"

4

"这下我们就都到齐了。"玛丽·奥尔丁说。

年老的管家赫尔斯多擦了擦额头。当他走进厨房的时候,厨师斯派塞太太对于他的脸色进行了一番品评。

"说真的,我觉得我是好不了了,"赫尔斯多说,"如果能允许我发表自己的看法的话,在我看来,最近这栋房子里的一切言行举止似乎都别有深意——你能明白我的意思吧？"

斯派塞太太看上去似乎并没有搞懂他话里的意思，于是赫尔斯多又继续说道："奥尔丁小姐，嗯，就在他们都坐下来准备吃晚饭的时候——她说了句'这下我们就都到齐了'——这句话可着实吓了我一跳！它让我想起驯兽师把一大群野兽赶到一个笼子里，然后把笼子门那么一关。猛然间我就觉得仿佛我们全都中了圈套一样。"

"我保证，赫尔斯多先生，"斯派塞太太说，"你肯定是吃了什么不合适的东西了。"

"不是我肠胃的问题，是他们每个人都紧张兮兮的那股劲儿。就在刚才，前门砰的响了一下，而斯特兰奇太太——我是指我们的斯特兰奇太太，也就是奥德丽小姐——她一下子跳起来，仿佛中了枪似的。还有就是那种沉默。他们都太奇怪了。好像突然之间大家都害怕说话了，然后没一会儿又都一起打开话匣子，想起什么就说什么。"

"是够让任何人都感到尴尬的了。"斯派塞太太说。

"这所房子里有两个斯特兰奇太太。给我的感觉是，这可不怎么成体统啊。"

在餐厅里，赫尔斯多刚刚描述过的那种沉默正在上演。

玛丽·奥尔丁费了好大的劲才转向凯，说道："我邀请你的朋友拉蒂默先生明天来吃晚餐！"

"哦，好啊。"凯说。

内维尔说："拉蒂默？他在这儿？"

"他住在复活节海湾酒店。"凯说。

内维尔说："找一天晚上我们可以过去那儿吃顿晚饭。渡船最晚开到几点？"

"一直到一点半。"玛丽说。

"我猜到了晚上他们会在那边跳舞吧?"

"那儿住的大多数都是百八十岁的老人。"凯说。

"那对你的朋友来说可没什么意思。"内维尔对凯说。

玛丽迅即说道:"我们哪天可以到复活节海湾去游泳,那儿还挺暖和的,而且有片非常漂亮的沙滩。"

托马斯·罗伊德低声对奥德丽说道:"我明天想驾帆船出海去。你去吗?"

"我去。"

"我们大家可以一起出海。"内维尔说。

"我记得你说要去打高尔夫球的。"凯说。

"我的确想过要去高尔夫球场,可是那天我打得糟透了。"

"那真够悲惨的!"凯说。

内维尔和和气气地说道:"高尔夫球本来就是一项悲惨的运动。"

玛丽问凯她打不打高尔夫。

"打——但不是特别好。"

内维尔说:"凯要是肯稍微多花点儿心思在这上面的话,她会打得非常好的。她的击球很有天分。"

凯对奥德丽说:"你什么运动都不做,是吗?"

"也不全是。我多多少少也打打网球——不过我可是个不折不扣的门外汉。"

"你还弹钢琴吗,奥德丽?"托马斯问道。

她摇了摇头。

"现在不弹了。"

"你以前弹得可相当好啊。"内维尔说。

"我还以为你不喜欢音乐呢,内维尔。"凯说。

"我对音乐懂得不太多,"内维尔含糊其辞地说道,"我总是纳闷奥德丽的手那么小,是怎么才能够得着八度音阶的呢?"

这时奥德丽恰好放下吃餐后甜点的刀和叉,他就那样盯着她的双手。

她的脸上泛起淡淡的红晕,连忙说道:"我的小拇指很长,我猜那会有帮助吧。"

"那你这人肯定很自私,"凯说,"你要是不自私的话,小拇指会很短的。"

"真的吗?"玛丽·奥尔丁问道,"那我肯定不自私。看,我的小拇指就相当短。"

"我觉得你确实非常无私。"托马斯·罗伊德若有所思地看着她说道。

玛丽的脸一下子红了,然后马上继续说道:"我们当中谁是最无私的啊?咱们来比比小拇指吧。我的比你的短,凯。不过我想,托马斯的比我的还短。"

"我比你们俩的都短,"内维尔说,"看。"他说着伸出一只手来。

"但你这只是一只手,"凯说,"你左手的小拇指很短,可右手的就长多了。左手代表的是与生俱来的,而右手代表的是你要怎么过你的生活。这就意味着你生下来的时候是不自私的,而随着时间的推移,你就会变得越来越自私。"

"你会算命吗,凯?"玛丽·奥尔丁问道。她伸出了手,掌心向上。"一个算命的人告诉过我,我会有两个丈夫和三个孩子。我可得抓点儿紧了!"

凯说:"这些小的交叉掌纹代表的不是孩子,是旅行。那说明你会有三次水上旅行。"

"这看起来也不太可能。"玛丽·奥尔丁说。

托马斯·罗伊德问她:"你经常旅行吗?"

"不,几乎没怎么旅行过。"

从她的声音中他听出了一种潜在的遗憾。

"你想去旅行吗?"

"比什么都想。"

托马斯开始用他那种不慌不忙的深思熟虑来思考她的一辈子。她一直都在照顾一个老太太,从容不迫,周全得体,是个极其出色的管家。他好奇地问道:"你和特雷西利安夫人一起住了很久了吗?"

"将近十五年了。父亲死了以后我就过来和她住在一起了。而我父亲在去世之前几年就已经卧病在床,什么也干不了了。"

接着,她回答了她觉得他想要问的问题:"我今年三十六岁。这才是你想知道的,不是吗?"

"我的确想知道,"托马斯承认道,"你知道,你的外表看上去——说多大都有可能。"

"你这话可是能从两边来理解啊!"

"我想是吧。可我不是那个意思。"

他严肃而沉思地注视着她,目光一直未从她脸上移开。她也并未因此而感到局促不安。这目光不会让她感到一丝难为情——那是一种发自内心的体贴和关心。她看到他的眼神停留在她的头发上,于是抬起手摸了摸那一缕白发。

"从很小的时候起,"她说,"我就有这个了。"

"我喜欢。"托马斯·罗伊德简洁明了地说道。

他继续打量着她。最终她有点儿被逗笑了地说道:"好啦,你得出什么结论了?"

他黝黑的皮肤一阵泛红。

"哦,我想我那样盯着你看可能太无礼了。我想要弄明白你……你究竟是个什么样的人。"

"行啊。"她匆匆说道,然后从桌旁站起了身。她一边挎着奥德丽的胳膊走进客厅,一边又说道:"特里夫斯老先生明天也来吃晚饭。"

"他是谁啊?"内维尔问道。

"他是鲁弗斯·洛德介绍来的,是位招人喜欢的老先生。他住在巴尔莫勒尔宅邸。他的心脏不太好,看起来非常脆弱,不过脑子可没得挑,而且还认识一大堆有意思的人。他是个律师还是大律师来着——我也忘了。"

"来这儿的所有人都老得没牙了。"凯不满地说道。

她恰巧站在一盏高脚灯下。托马斯正往那个方向看,如同对待任何直接占据了他视线的事物一样,他给予了她同样缓缓的、充满了兴趣的关注。

他一下子就被她奔放而充满激情的美丽所打动了。那是一种色彩鲜艳的美,一种趾高气扬、充满活力的美。他又从她的身上看向了奥德丽,在一袭银灰色礼服的映衬下,她脸色苍白得仿佛一只飞蛾。

他暗自一笑,喃喃自语道:"红玫与白雪。①"

"你说什么?"玛丽·奥尔丁在他身边问道。

他重复了一遍。"你知道,就像那个古老的童话故事……"

玛丽·奥尔丁说道:"这是个非常好的形容……"

---

① *Red Rose and Snow White*,格林童话故事。

5

特里夫斯先生有滋有味地抿了一口杯中的波特酒①。这酒美味极了,而且用来招待他的晚餐也无与伦比。显然特雷西利安夫人跟她的用人相处得十分融洽。

整栋房子也打理得井井有条,尽管它的女主人是个久病缠身的人。

说到遗憾的话,或许在斟波特酒的时候女士们没有离席算是一点。他还是更喜欢那些传统的老规矩,但这群年轻人却有他们自己的处世方式。

他的眼光若有所思地停留在那个年轻漂亮、光彩照人的女人身上,那是内维尔·斯特兰奇的太太。

今夜是属于凯的。在这间点满蜡烛的房间里,她艳丽的美貌熠熠生辉。在她身旁,特德·拉蒂默把乌黑闪亮的头歪向她这边。他在向她献媚示好;而她则感到自信满满,得意扬扬。

光是看看这种活力四射的场景就已经让特里夫斯先生这把老骨头兴奋起来了。

青春啊——真的没有任何东西可以与之相匹敌!

也难怪那个做丈夫的会鬼迷心窍离开他的前妻。奥德丽就坐在他的旁边。她是个招人喜欢的人,是位淑女——不过按照特里夫斯先生的经验,这种女人总是难逃遭遗弃的命运。

他瞟了她一眼。她正低头盯着面前的盘子。在她那全然不为所动的态度背后,某些东西给特里夫斯先生留下了深刻的印象。他怀着更浓厚的兴趣看着她,想知道她心里在想些什么。她的头

---

① 一种产自葡萄牙的非常甜的葡萄酒,常被作为西餐的餐后酒。

发从小巧如贝壳一般的耳朵上拢起的样子真是很迷人……

等回过神来的时候，特里夫斯先生才有些吃惊地意识到大家都准备换到另一个房间去了。他赶忙站起身来。

在客厅里，凯·斯特兰奇径直走向留声机，放上了一张舞曲唱片。

玛丽·奥尔丁有些抱歉地对特里夫斯先生说道："我相信您一定讨厌爵士乐。"

"哪里的话。"特里夫斯先生言不由衷却又彬彬有礼地说道。

"或许晚些时候我们可以打打桥牌？"她提议道，"不过现在恐怕不行。就我所知，特雷西利安夫人正盼着和您聊聊天呢。"

"那太让人高兴了。特雷西利安夫人从来不下楼吗？"

"也不是，她以前常常坐着轮椅下来。这就是为什么我们在屋里装了一部电梯。不过现如今她更喜欢待在自己的房间里。在那里她想找谁聊天就找谁，就像是王室召见一样。"

"你描述得太贴切了，奥尔丁小姐。我也时常能感觉到特雷西利安夫人举手投足间的那种王室风范。"

在房间的中央，凯正以慢舞步翩翩起舞。

她说："把那张桌子挪到不碍事的地方，内维尔。"

她的声音中满是自信和专横，说话的时候双目放光，朱唇微启。

内维尔顺从地挪开了桌子，然后朝她走近了一步，而她却故意转向了特德·拉蒂默。

"来吧，特德，咱们来跳舞。"

特德立刻伸出手臂环住了她。他们共同起舞，舞姿摇曳，舞步配合得天衣无缝。能看到这样的表演实在是令人赏心悦目。

特里夫斯先生喃喃道："呃——相当专业啊。"

玛丽·奥尔丁听了这话微微蹙起了眉——但无疑特里夫斯先生这么说是出于纯粹的赞赏。她瞅了瞅他干瘪而睿智的小脸，那张脸上挂着一副心不在焉的神情，她想，他似乎也沉浸在自己的思绪之中了。

内维尔站在那里迟疑了一下，随后走向伫立在窗前的奥德丽。

"跳舞吗，奥德丽？"

他的语调很正式，几乎可以说是冷冰冰的。你也许可以说他提出邀请仅仅是出于礼貌。奥德丽犹豫了一下，点点头，朝他走了过去。

玛丽·奥尔丁又随口跟特里夫斯先生寒暄了几句，但他未予回应。到现在为止，并没有什么迹象表明他耳背，而且他的礼数非常周到——她意识到是由于他的精神过于专注才显得有些冷淡。她搞不清楚他究竟是在看着那些跳舞的人，还是在盯着孤零零站在房间另一端的托马斯·罗伊德。

特里夫斯先生忽然有点儿吃惊地说道："抱歉，我亲爱的女士，你在说什么？"

"没什么。只是说今年九月的天气好得不同寻常。"

"是啊，的确如此——这个地方急需雨水，他们在旅店里是这么告诉我的。"

"我想，您在这里住得还舒适吧？"

"哦，当然了，尽管我必须说我刚刚到这里的时候有点儿恼火，那是因为发现——"

特里夫斯先生突然住了口。

奥德丽从内维尔的身边走开了。她歉然一笑道："再跳下去真的太热了。"

她移步走向敞开着的落地窗，出去站到了露台之上。

"哦！跟上她啊，你个笨蛋。"玛丽嘟囔道。她本想小声说出来的，可这句话还是足以让特里夫斯先生转过身来，一脸惊讶地看着她。

她的脸涨得通红，尴尬地笑了。

"我把心里想的说出来了，"她懊悔地说道，"不过他可真让我着急，动作也太慢了。"

"你说斯特兰奇先生？"

"哦，不是，我没说内维尔。是说托马斯·罗伊德。"

托马斯·罗伊德正准备走上前去，可就这一会儿工夫，内维尔愣了一下神之后已经跟着奥德丽走到窗外去了。

有那么一刻，特里夫斯先生的眼睛饶有兴趣地盯着落地窗，充满好奇，接着他的注意力就又转回到正在跳舞的人身上了。

"舞跳得真美，年轻的……呃……拉蒂默先生，你是说过他叫这个名字吧？"

"是的。特德·拉蒂默。"

"啊，对了，特德·拉蒂默。据我所知，他是斯特兰奇太太的老朋友吧？"

"没错。"

"那这个非常……呃……外表光鲜的年轻绅士是靠什么来过活的呢？"

"嗯，说真的，我也不太清楚。"

"哦。"特里夫斯先生设法用这一个字表达了他对此事的理解。

玛丽继续说道："他现在住在复活节海湾酒店。"

"一个环境非常舒适的地方。"特里夫斯先生说。

过了一会儿,他又出神地说道:"他脑袋的形状可真有意思——从头顶到脖子的角度很奇特,他留的发型让这个特点变得不那么显眼,不过还是一眼能看出来与众不同。"又停顿了一下之后,他用更加心不在焉的语气继续说道:"我上一次见到有这样头型的人被判了十年劳役监禁,起因是野蛮地殴打了一个年老的珠宝商。"

"天哪,"玛丽惊呼道,"你不是想说——"

"绝对不是,绝对不是,"特里夫斯先生说,"你完全误解我了。我一点儿都没有要贬损你们客人的意思。我只是想说,一个野蛮残忍、冷酷无情的罪犯有可能就是个表面看上去英俊潇洒、风度翩翩的年轻人。匪夷所思,但事实如此。"

他和蔼地冲她微微一笑。玛丽说:"知道吗,特里夫斯先生,我想我有点怕你。"

"别胡说了,亲爱的女士。"

"但我确实是啊。你是个……目光特别敏锐的观察者。"

"我的眼神,"特里夫斯先生怡然自得地说道,"一如既往的好。不过这究竟是幸运还是不幸,我现在也说不清楚。"

"这怎么可能是不幸呢?"

特里夫斯先生怀疑地摇摇头。

"有时候,人会被置于需要承担责任的境地,而正确的做法并不总是那么容易确定的。"

赫尔斯多走了进来,手里端着咖啡托盘。

在给了玛丽和老律师一人一杯之后,他又穿过房间向托马斯·罗伊德走去。然后,按照玛丽的要求,他把托盘放在矮桌之上,离开了房间。

凯越过特德的肩头喊道:"我们跳完这一曲就好了。"

玛丽说:"我把奥德丽的给她拿出去。"

她端着咖啡杯,向落地窗走去。特里夫斯先生陪在她身旁。就在她在窗口处停顿的那一刻,他越过她的肩膀向外面看去。

奥德丽坐在围墙的转角处。在皎洁的月光下,她的美变得更有生气了——那是一种源自于线条而非色彩的美。从下颏到耳朵的精致曲线,下巴和嘴部的柔美造型,还有那非常迷人的头骨轮廓以及小巧挺直的鼻梁。即使奥德丽·斯特兰奇年华老去,这种美也会依然存在——这种美与外在的肉体肌肤无关,这是由骨架本身带来的美。她身上那件缀有小亮片的礼服与月光相映生辉。她纹丝不动地坐着,而内维尔则站在那里看着她。

内维尔向她走近了一步。

"奥德丽,"他说,"你——"

她变换了个姿势,然后轻轻地跳了下来,同时一只手摸着耳朵。

"哦!我的耳环,我肯定把它弄掉了。"

"在哪儿呢?让我看看——"

他们两人一同笨拙而又尴尬地俯下身子,结果一弯腰就撞在了一起。奥德丽一下子跳开。内维尔叫了起来:"等一下……我的袖扣……缠上你的头发了。站着别动。"

他笨手笨脚弄扣子的时候她站在那儿一动不动。

"哦……你要把我的头发连根拔下来了……你可真够笨的,内维尔,动作快一点儿。"

"对不起,我……我是挺笨手笨脚的。"

月色如洗,奥德丽看不到的事情被两个旁观者一览无余,内维尔试图解开那一缕浅银色头发的手在不住地颤抖。

而奥德丽也在颤抖着——仿佛突然间觉得发冷似的。

一个平静的声音在身后响起，吓了玛丽一跳。

"不好意思……"

托马斯·罗伊德从两人之间穿过，走了出去。

"我来好吗，斯特兰奇？"他问道。

内维尔直起身来，他和奥德丽两个人各自分开。

"没事了。我已经解开了。"

内维尔的脸色有些苍白。

"你冷了，"托马斯对奥德丽说，"进来喝杯咖啡吧。"

她跟在他身后走向屋里，内维尔则转过身去凝望着大海。

"我把咖啡给你端出来了，"玛丽说，"不过也许你最好还是进屋来。"

"是啊，"奥德丽说，"我想我还是进去的好。"

他们都回到了客厅里。特德和凯已经跳完了舞。

门开了，一个身穿黑色衣服、骨瘦如柴的高个子女人走进屋来。她毕恭毕敬地说道："夫人问大家好，她很高兴在她的房间里见见特里夫斯先生。"

6

特雷西利安夫人笑容可掬地接待了特里夫斯先生。

两个人很快就聊得热火朝天，他们沉浸在记忆的长河中，回想着彼此都认识的朋友。

聊了半个小时之后，特雷西利安夫人心满意足地长叹一声。

"啊，"她说，"我感到非常愉快！没有比互相之间翻翻旧账、扯扯闲篇更有意思的事了。"

"一点小小的恶意，"特里夫斯先生附和道，"能给生活增加些滋味。"

"顺便说一句,"特雷西利安夫人说,"您对我们家里的这种三角关系怎么看?"

特里夫斯先生脸上现出一副谨慎的茫然神情。"呃——什么三角关系?"

"别跟我说您没注意到!我说的是内维尔和他的两任太太。"

"哦,这件事!现任斯特兰奇太太真是位非常迷人的少妇。"

"奥德丽也一样啊。"特雷西利安夫人说。

特里夫斯先生承认道:"她也挺有魅力的——没错。"

特雷西利安夫人高声说道:"您是想告诉我,您能够理解一个男人离开奥德丽,离开一个……一个拥有如此难得品质的女人,而只为了……只为了一个像凯那样的女人吗?"

特里夫斯先生平静地说道:

"完全正确。那种情况时有发生。"

"真令人作呕。我要是个男人,很快就会对凯感到厌烦的,我会希望自己从来没犯过这种傻!"

"这种事情也很常见。这类突如其来的狂热迷恋,"特里夫斯先生不动声色并且确定无疑地说道,"很少能够持久。"

"那么接下来会怎么样?"特雷西利安夫人问道。

"通常情况下,"特里夫斯先生说,"呃——夫妻双方会自行调整的。很多时候就是再次离婚。接着男人会和第三方——某个富有同情心的人结婚。"

"胡说八道!内维尔又不是个摩门教徒[①]——你的客户中或许有这样的人吧!"

[①] 摩门教是耶稣基督后期圣徒教会的代称,其教义中曾包括一夫多妻制。

"偶尔也会有和原配再婚的。"

特雷西利安夫人摇着头。

"那不可能！奥德丽的自尊心太强了。"

"你这么认为？"

"我对此确信无疑。您不要那样气人地猛摇头！"

"这是我的个人经验，"特里夫斯先生说道，"但凡事关恋爱的时候，女人是不会有什么自尊心的。自尊只是个常常挂在她们嘴边的词而已，落实到行动当中就不是那么回事儿了。"

"你不了解奥德丽，她狂热地爱着内维尔。或许是爱得太深了，在他为了那个女孩甩了她之后——尽管如此我也完全不会怪他，那个女孩对他穷追不舍，你知道男人都是什么样的——她就再也不想见到他了。"

特里夫斯先生轻轻地咳嗽了一声。

"然而，"他说，"她还是来了！"

"好吧，"特雷西利安夫人有点儿生气地说道，"我不会说自己能够理解这些时髦的想法。我想奥德丽来这里只是为了表明她并不在乎，对一切都无所谓！"

"很可能啊，"特里夫斯先生摸了摸下巴，"她当然可以对自己这么说。"

"你的意思是，"特雷西利安夫人说，"你觉得她仍然在追求内维尔，而且还——哦，不！我根本不相信！"

"有可能是这样。"特里夫斯先生说。

"我不能接受，"特雷西利安夫人说，"我不允许这种事发生在我家里。"

"你已经感到不安了，不是吗？"特里夫斯先生敏锐地问道，"局面很紧张。我可以感受到那种氛围。"

"这么说你也感觉到了?"特雷西利安夫人急急地说道。

"是的,必须承认,我也感到有些困惑。当事人的真实感受现在还不得而知,但是在我看来,已经能闻到火药味儿了。随时都有可能爆发。"

"别再像盖伊·福克斯① 那样说话了,告诉我该做什么。"特雷西利安夫人说。

特里夫斯先生举起了双手。

"说真的,我也不知道该给什么建议。我确信这件事有一个焦点。如果我们能够把它剔除出去的话——但是这里面还有太多的事情含混不清。"

"我并不打算让奥德丽离开,"特雷西利安夫人说,"就我的观察而言,她在非常困难的处境之下表现得无懈可击。她彬彬有礼,只是有些疏离。我认为她的行为举止无可指摘。"

"哦,确实如此,"特里夫斯先生说,"确实如此啊。不过尽管这样,这些还是对年轻的内维尔·斯特兰奇起了显著的效果。"

"内维尔,"特雷西利安夫人说道,"表现得不太得体。我会跟他谈谈这件事的。不过我不能把他赶出这栋房子,一刻都不行。马修几乎把他当成养子来看待。"

"我知道。"

特雷西利安夫人叹了口气。她压低了声音说道:"您知道马修就是在这儿淹死的吗?"

"知道。"

"很多人对于我留在这里颇感意外。他们可真傻。在这儿我

---

① 盖伊·福克斯(Guy Fawkes, 1570—1606),英国人,天主教极端分子,曾参与一六〇五年的"火药阴谋",试图在议会开会期间炸毁英国国会大厦,计划败露后于十一月五日被捕,次年被处决,此后每年的十一月五日被定为盖伊·福克斯之夜,或称篝火之夜,以纪念此次事件。

总能感觉到马修离我很近。整栋房子里到处都是他。在其他任何地方我都会觉得孤独和不自在。"她顿了一下,继续说道,"起初我希望用不了多久我就能随他而去,尤其是我的健康状况开始每况愈下时。然而似乎危扉长不倒,久弱耐苟延——我就是那种常年卧病在床却又永远死不了的人。"她边说边愤怒地捶打着枕头。

"我可以告诉你,我并不乐意这样!我总是希望我的大限能来得痛快一些——那样我就可以和死神面对面,而不要让我觉得他偷偷摸摸跟在我身后,总是在我身边强迫我按部就班地一次又一次蒙受病痛带给我的羞辱。我越来越无助——越来越需要依靠其他人!"

"不过我相信,那也都是些忠心耿耿的人。您有一位忠实的女仆吧?"

"您说芭雷特?就是领您上来的那个?她是我生活中的一大慰藉啊!一个看起来令人生畏的母老虎,但是绝对忠心耿耿。她跟随我很多年了。"

"而且我得说,您还很幸运能有个奥尔丁小姐。"

"您说得不错。能有玛丽我很幸运。"

"她是您的亲戚?"

"一个远房表亲。她是那种非常无私的人,活着就是要为其他人做出牺牲的。她照顾父亲——那是个很聪明的人,但是对人极其苛刻。他死后我恳请她搬来和我一起住,而她来的那一天我祈求了上帝。您是不知道大多数陪护人有多招人讨厌,都是些既没用又无聊的货色。他们的愚蠢简直能把人逼疯。他们来做陪护是因为也干不了其他更好的工作了。而有了玛丽这样既渊博又聪明的人陪伴真是太棒了。她拥有真正一流的头脑,不让须眉。她还博览群书,跟她可以无所不谈。而且她在处理家务事上也是同样的精明。她把这个家打理得井然有序,让仆人们都开开心心——她消除了一切纷争和猜忌,我不知道她是怎么做到的。我猜,就是凭借她的老练吧。"

"她和您在一起很长时间了吗?"

"十二年——不,比那更长。十三年或者十四年,差不多吧。她一直都是我偌大的安慰。"

特里夫斯先生点点头。

特雷西利安夫人用半睁半闭的眼睛看着他,忽然说道:"怎么了?您在担心什么事情吗?"

"一点琐事,"特里夫斯先生说,"只是小事一桩。您的眼光真犀利。"

"我喜欢研究人,"特雷西利安夫人说,"马修的心里要是有任何事情我总是立刻就能知道。"她叹了口气,向后靠回到枕头上。"我现在必须要跟您说晚安了,"这是女王式的逐客令,但又毫不失礼,"我感觉很累。但能和您聊聊天真是非常非常愉快。希望您能很快再来看我吧。"

"您尽管放心,我会记住您这番美意的。只希望我今天没有叨扰太久。"

"哦,没有。我总是突然一下就感到很疲倦。您走之前帮我拉一下那个铃,可以吗?"

特里夫斯先生小心翼翼地拉了一下那个末端带着巨大流苏的老式铃绳。

"年代相当久远了啊。"他评论道。

"我的铃吗?是啊。没有哪款时髦的电铃适合我。它们三天两头出故障,还得让你按个不停!这种老式的铃就从来不出毛病。我一拉绳,楼上芭雷特的房间就会响——铃就挂在她的床头。所以她从来也没有耽搁过。如果她没有及时过来，我就会马上再拉一次。"

特里夫斯先生走出房间的时候听到铃绳被拉了第二次，清脆的铃声在他头顶某处回响着。他抬起头来，注意到了沿着天花板走行的铃线。芭雷特急匆匆地走下一段楼梯，从他身旁经过，向她女主人的房间走了过去。

特里夫斯先生缓缓地走下楼去，这段向下的路程他并没有动用那部小电梯。心中的迷惘让他不由得眉头紧锁。

他发现所有人都聚集在客厅里，玛丽·奥尔丁一见他立刻提议开始打桥牌，不过特里夫斯先生以马上就要动身回去为由婉言谢绝了。

"我的旅店，"他说，"是那种传统老派的。他们不希望任何客人午夜之后还在外面晃荡。"

"离那会儿还早着呢——才十点半，"内维尔说，"我想，他们不至于把您锁在门外吧？"

"哦，不会的。实际上，我倒怀疑那道门在晚上究竟锁不锁呢。九点钟门就关了，不过客人只要转动把手就能进去。这里的人似乎非常随意，但我想他们相信本地居民的诚实也无可厚非。"

"这里白天的时候当然没有人锁门，"玛丽说，"我们家一整天都是大门敞开——不过到了晚上我们会锁上门的。"

"巴尔莫勒尔宅邸怎么样？"特德·拉蒂默问道，"那幢房子又高又怪，一看就让人想起维多利亚时代的暴行。"

"它算是名副其实了，"特里夫斯先生说，"让人能实实在在地感受到维多利亚时代的舒适。床很好，烹饪也不错——还有很宽敞的维多利亚式衣橱。巨大的浴缸周围包的都是桃花心木。"

"您不是说过一开始的时候有些事让您觉得有些恼火吗？"

玛丽问道。

"啊,是的。我很仔细地写信预订了一楼的两个房间。你也知道,我的心脏不好,不能爬楼梯。当我到达的时候很生气地发现没有我预订的房间。而我被分配了到了顶楼——我必须承认,那两间其实也非常舒适。我提出了抗议,不过似乎是由于一个本来打算这个月去苏格兰的老房客生病了,房间的确没法腾出来。"

"我猜是卢肯先生吧?"玛丽说。

"我相信就是这个名字。在那种情况下,我也只能随遇而安了。所幸的是旅店里有一部很好的自动电梯——这样一来我还真的没遭什么罪。"

凯说:"特德,你为什么不搬到巴尔莫勒尔宅邸去住?这样你来这儿就方便多了。"

"哦,我觉得那儿看上去不太合我的意。"

"说得很对,拉蒂默先生,"特里夫斯先生说道,"那里可能根本不是你待的地方。"

不知为什么,特德·拉蒂默的脸一下子涨得通红。

"我不知道您这话是什么意思。"他说。

玛丽·奥尔丁感到了一丝局促,连忙岔开话题,说起时下报纸上一件很轰动的案子。

"我知道他们在肯特镇的那件行李箱案子中又扣押了一个男人。"她说。

"这已经是他们扣押的第二个人了,"内维尔说,"我希望这次他们找对人了。"

"即使是他干的,他们可能也没法抓他。"特里夫斯先生说。

"证据不足吗?"罗伊德问道。

"是的。"

"不过,"凯说,"我想他们最后总是能找到证据的。"

"并不总能找到,斯特兰奇太太。你要是知道有多少人犯了罪还能够逍遥法外的话,肯定会大吃一惊的。"

"您是说,他们从来都没有被发觉?"

"不仅如此。曾经有一个男人——"他提起了一件两年前的案子,"警方知道是他犯下了那几桩幼童谋杀案,确信无疑,但是他们却无能为力。因为有两个人给这个男人提供了不在场证明,尽管这些不在场证明是假的,却又没法证明它们是假的。于是这个杀人凶手就无罪开释了。"

"这也太可怕了。"玛丽说。

托马斯·罗伊德磕了磕烟斗,以他那平静而深思熟虑的声音说道:"这更确定了我一直以来的一个想法——那就是很多情况下,人们不诉诸法律而自行解决也是有道理的。"

"你这是什么意思,罗伊德先生?"

托马斯开始重新填满烟斗。他一边急匆匆语无伦次地说着话,一边低着头,若有所思地瞧着自己的双手。

"假定你知道了一件肮脏卑劣的勾当,知道干这件事的人不必对现有的法律负责——也就是说他能够逃脱惩罚。那么我认为,别人对他自行处置是合情合理的。"

特里夫斯先生热切地说道:"这是个最要不得的主张,罗伊德先生!这种行为是极其不正当的!"

"不敢苟同。您知道,我的假设前提是事实已经得以证实了——只是法律对此无能为力!"

"那动用私刑也是不可原谅的。"

托马斯微微一笑——那是温文尔雅的一笑。

"我不同意,"他说,"如果一个人理应被绞死,我倒是不介意亲自动手来干这件事!"

"再然后就该轮到你接受法律的惩罚了!"

托马斯依然微笑着说道:"当然,我肯定会很小心的——实际上每个人都不得不多多少少采取点儿卑劣的手段……"

奥德丽以她清脆的声音说道:"你会被发现的,托马斯。"

"事实上,"托马斯说,"我不认为我会被发现。"

"我曾经知道一个案子……"特里夫斯先生欲言又止。他歉疚地说道:"要知道,犯罪学是我的一大爱好。"

"请说下去。"凯说。

"在刑事案件方面我有相当丰富的经验,"特里夫斯先生说,"其中只有很少一部分真正让人感兴趣。很可惜,多数杀人犯都很无趣,而且鼠目寸光。但是!我可以给你们讲一个很有意思的案例。"

"哦,快讲,"凯说,"我喜欢谋杀案。"

特里夫斯先生开始慢条斯理地讲起来,显然是在字斟句酌。

"这个案子涉及一个孩子。孩子的年龄和性别我就略过不提了。事情的经过是这样的:两个孩子在玩弓箭。其中一个孩子射中了另一个孩子的要害部位,结果那孩子死了。在审讯时,活着的孩子彻底心神错乱,大家只能对这次意外表示同情,并且对那个不幸的始作俑者表达了安慰。"他停了下来。

"这就完了?"特德·拉蒂默问道。

"就是这样。一次令人遗憾的意外。不过你要知道,这个故事还有另一面。就在事故发生之前的某一天,一个农民碰巧经过那附近的一条林间小路。在那里,他曾经注意到一个孩子在一片狭小的林间空地上练习弓箭。"

他又停了下来——以便让大家去领会他话中的含义。

"您的意思是,"玛丽·奥尔丁难以置信地说道,"这并非是一起事故,而是有意为之?"

"我不知道,"特里夫斯先生说,"我从来都不知道。不过在审讯的时候,有人说这两个孩子都不太会使用弓箭,结果才会乱射一气。"

"而事实不是这样?"

"对于其中的一个孩子来说,事实肯定不是这样。"

"那这个农民是怎么做的?"奥德丽屏住了呼吸说道。

"他什么也没做。我一直都不确定他这么处理究竟对不对。这件事事关一个孩子的未来。他觉得对于一个孩子来说,在有疑问的时候还是应该给予他充分的信任。"

奥德丽说:"但是您自己对于实际发生的事情毫不怀疑,对吗?"

特里夫斯先生严肃地说道:"就我个人而言,我认为这是一场设计得非常巧妙的谋杀——一场事先经过了缜密策划并且由一个孩子实施的谋杀。"

特德·拉蒂默问道:"这么说有依据吗?"

"哦,当然有。孩子们之间开的玩笑,说的一些刻薄话——这些就足够激起敌意和仇恨了。小孩子是很容易记仇的。"

玛丽叫道:"可是竟然还会如此的深思熟虑。"

特里夫斯先生点点头。

"没错,这种深思熟虑是很可怕的。一个孩子,把蓄意杀人的念头深藏心底,日复一日地默默练习,最后一矢中的——看似笨拙的一射,酿成了大祸,还有那装出来的悲痛和绝望。这一切都那么不可思议——太令人难以置信了,很可能在法庭上说出来都没有人会相信。"

"那个孩子,后来怎么样了?"凯好奇地问道。

"我相信他改名换姓了,"特里夫斯先生说,"在案件公开审理之后这么做也算明智。那个孩子如今已经长大成人,就在世上的某个地方。问题在于,他是否依然怀着一颗杀人的心?"

他又深思熟虑地加上一句:"事情已经过去很久了,不过无论走到天涯海角,我都能够认出这个小凶手。"

"想必认不出来了吧。"罗伊德提出了异议。

"哦,可以的,他身上有一个独特之处——好啦,我不想再谈论这个了。这不是什么让人愉快的话题。我真的必须回去了。"

他站起身来。

玛丽说:"您想先喝一杯吗?"

酒摆在屋子另一头的桌子上。托马斯·罗伊德离那里比较近,他走上前去,拔出了威士忌酒瓶的瓶塞。

"威士忌加苏打水可以吗,特里夫斯先生?拉蒂默,你喝什么?"

内维尔低声对奥德丽说:"今夜真美。出去一小会儿吧。"

她一直站在窗旁,看着月色下的露台。他从她身边走过,站在外面等着。她把身子转回屋里,迅速地摇摇头。

"不,我累了。我……我想我该去睡觉了。"

她穿过屋子,走出了客厅。凯打了个大大的哈欠。

"我也困了。你呢,玛丽?"

"是啊,我也一样。晚安,特里夫斯先生。照顾好特里夫斯先生,托马斯。"

"晚安,奥尔丁小姐。晚安,斯特兰奇太太。"

"我们明天会过去吃午饭,特德,"凯说,"如果天气还像今天这么好,我们可以去海边游泳。"

"好啊。我会去找你的。晚安,奥尔丁小姐。"

两个女人离开了房间。

特德·拉蒂默对特里夫斯先生亲切地说道:"我跟您顺路,先生。我往渡口那儿走,正好会路过旅店。"

"谢谢你,拉蒂默先生。有你的陪同我很高兴。"

尽管特里夫斯先生已经宣布了他要动身回去的意愿,不过看上去并不特别着急。他不慌不忙欣然啜饮着杯中的酒,把精力都放在了从托马斯·罗伊德那里打听马来亚的风土人情上。

托马斯·罗伊德的答案始终都是只言片语。要想从他嘴里问出些日常生活的点点滴滴,就跟打探国家机密一样困难。他看起来仿佛迷失在自己的某些空想之中,心不在焉,很难打起精神来回答问题。

特德·拉蒂默有点儿坐不住了。他看上去既无聊又不耐烦,急于离开。

他突然打断了谈话,高声叫道:"我差点儿忘了!我给凯带来几张她想要的留声机唱片,就放在大厅里,我去拿来。你明天能告诉她一声吗,罗伊德?"

对方点点头。特德离开了房间。

"那个小伙子生性有点儿毛躁。"特里夫斯先生低声说道。

罗伊德哼了一声,没有回答。

"我想,他是斯特兰奇太太的朋友吧?"老律师追问道。

"是凯·斯特兰奇的朋友。"托马斯说。

特里夫斯先生微微一笑。

"是,"他说,"我就是这个意思。他绝不会是前一任斯特兰奇太太的朋友。"

罗伊德断然说道:"对,他不会是。"

接着,看到对方诧异的眼光,他有些脸红地说道:"我的意思是说——"

"哦,我非常明白你的意思,罗伊德先生。你才是奥德丽·斯特兰奇太太的朋友,不是吗?"

托马斯·罗伊德慢悠悠地用烟袋里的烟叶填满烟斗。他的眼睛注视着手上的动作,小声咕哝道:"嗯——是。差不多可以说是一起长大的。"

"她肯定是个非常迷人的姑娘吧?"

托马斯·罗伊德说了句什么,听起来像是"嗯——啊"。

"两个斯特兰奇太太同在一个屋檐下,有点儿让人尴尬吧?"

"哦,是……是的,有点儿。"

"对于原先的斯特兰奇太太来说,处境很艰难啊。"

托马斯·罗伊德的脸涨得通红。

"极其艰难。"

特里夫斯先生俯身向前,冷不丁地抛出一个问题。

"那她为什么要来,罗伊德先生?"

"呃……我想……"对方的声音有些含混不清,"她……不喜欢拒绝吧。"

"拒绝谁?"

罗伊德笨拙地挪了挪身子。

"呃,事实上,她总会在每年的这个时候来——九月初。"

"而特雷西利安夫人邀请内维尔·斯特兰奇和他的新太太同时也来?"老绅士的声音中很微妙地带着一种礼貌的质疑。

"至于这个,我相信是内维尔自己要来的。"

"这么说,是他渴望着这次——重聚?"

罗伊德不自在地动了动,避开了对方的眼神,回答道:"我想是吧。"

"难以理解。"特里夫斯先生说。

"就是蠢事一桩。"托马斯·罗伊德被惹得话也多了起来。

"会让人觉得有些难堪。"特里夫斯先生说。

"可不——现如今人们就愿意做这种事情。"托马斯·罗伊德闪烁其词地说道。

"我怀疑,"特里夫斯先生说,"这会不会是其他人的主意?"

罗伊德瞪大了眼睛。

"还能是谁?"

特里夫斯先生叹了口气。

"这个世界上有太多的好心朋友,总是急于替别人安排他们的生活——总是会出一些馊主意——"他突然住口不言,因为内维尔·斯特兰奇从落地窗外溜达回来了。与此同时,特德·拉蒂默也从大厅那边的门走进屋来。

"嗨,特德,你拿的那是什么?"内维尔问道。

"给凯的留声机唱片。她让我给她带过来的。"

"哦,是吗?她可没告诉我。"有那么一刻,两个人之间有点儿剑拔弩张,紧接着内维尔向托酒盘走去,给自己倒了一杯威士忌加苏打水。他喘着粗气,脸上的表情看上去像受了刺激,闷闷不乐。

特里夫斯先生曾经听人提起过内维尔,说他是"那个姓斯特兰奇的走运家伙——得到了世上任何人都想要得到的一切"。不过此时此刻,他看起来根本就不是个快乐的人。

随着内维尔再次走回屋里,托马斯·罗伊德似乎觉得他作为主人的任务已经完成了。他甚至没想要道一句晚安就离开了房间,他走得比平时还稍显匆忙,几乎就像是在逃跑。

"一个令人愉快的夜晚,"特里夫斯先生一边放下酒杯一边客气地说道,"受益……呃……匪浅。"

"受益?"内维尔的眉毛轻轻一挑。

"关于马来联邦的事,"特德咧着嘴笑道,"想从寡言少语的托马斯嘴里问出点儿东西来可真是件苦差事。"

"不一般的家伙,罗伊德,"内维尔说,"我觉得他一直都是那个样子。自顾自地抽着那个老掉牙的烟斗,听着别人说话,偶尔嗯啊几句,看上去聪明得就像只猫头鹰似的。"

"或许他思考得更多吧,"特里夫斯先生说,"现在我真的得走了。"

"有空早点再来看看特雷西利安夫人吧,"内维尔陪着两个人走到大厅里的时候说道,"您能让她心花怒放。她现在跟外部世界接触得太少了。她人特别好,不是吗?"

"是的,的确如此。她是个极其健谈的人,能激励人。"

特里夫斯先生小心地穿好大衣,围好围巾,再次道过晚安以后,和特德·拉蒂默一起上路了。

实际上,巴尔莫勒尔宅邸离这里只有大约一百码远,就在道路的转弯处。它耸立在那里,古板而令人生畏,是这条落伍的乡间街道的第一前哨站。

特德·拉蒂默要去的渡口还要再往前,下坡走两三百码,位于河道最狭窄的地方。

特里夫斯先生在巴尔莫勒尔宅邸门前停住了脚步,伸出手来。

"晚安,拉蒂默先生。你还要在这儿待很久吧?"

特德微微一笑,洁白的牙齿一闪,说:"看情况吧,特里夫斯先生。我还没感到厌烦呢。"

"没错——没错,我想也是。我猜就像如今的大多数年轻人一样,无聊是你在这个世界上最害怕的事情,不过我可以向你保证,还有比这更糟糕的。"

"比如说?"

特德·拉蒂默的嗓音柔和悦耳,不过里面暗藏着一些其他的东西——某些不太容易说清楚的东西。

"哦,这个我留给你自己去想象吧,拉蒂默先生。你知道,我不会冒昧地给你忠告。像我这种老顽固,给出的忠告总是会被人嗤之以鼻的。或许这样也对,谁知道呢?不过我们这些老糊涂愿意认为经验教会了我们一些东西。要知道,在一生当中,我们见过太多事情。"

一片云遮住了月亮。街道变得一团漆黑。黑暗之中,一个男人的身影走上斜坡,向他们走来。

是托马斯·罗伊德。

"刚刚下去到渡口那边散了散步。"因为嘴里叼着烟斗,他说话的时候有些口齿不清。

"这是您住的旅店?"他问特里夫斯先生,"看起来您被锁在外头了。"

"哦,我不这么认为。"特里夫斯先生说。

他转动巨大的球形黄铜门把手,门应声而开。

"我们送您进去吧。"罗伊德说。

三个人走进了大厅。由于只有一盏电灯亮着,这里一片昏暗。大厅内空无一人,一股残羹冷炙、满布灰尘的天鹅绒以及好闻的家具上光剂的混合气味扑鼻而来。

突然,特里夫斯先生恼火地惊叫了一声。

他们面前的电梯上挂着一个告示牌:

电梯故障

"天哪,"特里夫斯先生说,"这下可伤脑筋了。我非得爬这么多楼梯不可了。"

"太糟糕了,"罗伊德说,"难道没有货物电梯——用来运行李之类的吗?"

"恐怕没有。这部电梯什么都干。好吧,我只有慢慢爬了。两位晚安。"

他缓缓地踏上了宽阔的楼梯。罗伊德和拉蒂默跟他道了晚安,随后来到黑漆漆的街上。

一段沉默之后,罗伊德突然开口说道:"好吧,晚安。"

"晚安。明天见。"

"好的。"

特德·拉蒂默轻快地迈着大步走下山坡,直奔渡口而去。托马斯·罗伊德站在原地注视了他片刻,随后便不紧不慢地朝着相反方向的海鸥角走去。

月亮从云层后探出头来,盐溪再一次沐浴在银色的月光之中。

7

"就像夏天一样。"玛丽·奥尔丁喃喃自语道。

她和奥德丽正坐在复活节海湾酒店那幢宏伟建筑下方的沙滩上。奥德丽穿着一身白色的泳衣,看上去就像一具精致的象牙雕像。玛丽没有下水游泳。离她们不远的地方,凯正脸朝下趴在那里,把她古铜色的四肢和后背暴露在阳光之下。

"啊,"她坐起身来,"这儿的水也太凉了。"她不满地说道。

"是啊,已经是九月了。"玛丽说。

"英格兰总是这么冷,"凯不满地说道,"我多希望我们这会儿是在法国南部啊。那儿真的很热。"

特德·拉蒂默在她的另一边也咕哝道:"这儿的阳光压根儿就算不上阳光。"

"你不下水吗,拉蒂默先生?"玛丽问道。

凯哈哈大笑起来。

"特德从来不下水。他就喜欢像只蜥蜴①那样晒太阳。"

她伸出一个脚趾头捅了捅他。他纵身而起。

"起来走走吧,凯。我冷了。"

他们俩一起沿着沙滩走去。

"像只蜥蜴那样?多倒霉的比喻啊。"玛丽注视着他们,小声说道。

"你觉得他像吗?"奥德丽问道。

"不太像。蜥蜴会让人想起非常温顺驯服的东西。我可不觉得他很温顺。"

"是啊,"奥德丽若有所思地说,"我也不觉得。"

"他们俩在一起多合适啊,"玛丽看着那一对远去的背影说道,"他们在某些方面还挺般配的,不是吗?"

"我想是的。"

"他们喜欢同样的东西,"玛丽继续说道,"还有着同样的观点,而且……而且连说的话都是一样的。真是万分遗憾啊——"

---

①蜥蜴一词在英语中有花花公子、纨绔子弟以及喜欢在社交圈追逐女人的男人之意。

她停下不说了。

奥德丽突然问道:"遗憾什么?"

玛丽缓缓说道:"我要说的是,内维尔遇见了她,真是个遗憾。"

奥德丽直挺挺地坐了起来。玛丽暗自称之为"奥德丽式冷若冰霜"的表情爬上了她的脸庞。玛丽赶忙说道:"我很抱歉,奥德丽。我本不该说这些的。"

"如果你不介意的话,我特别……不想谈论这个话题。"

"当然,当然。是我太傻了。我……我以为你已经从这件事中缓过来了呢。"

奥德丽慢慢转过头来,她面无表情、心平气和地说道:"我可以跟你保证,这种事没有什么缓不缓得过来的。我……我对这件事已经麻木了。我希望……衷心希望凯和内维尔能够一直很幸福地走下去。"

"唉,你真是太好心了,奥德丽。"

"这不是我好心。只不过事实如此罢了。不过我也确实觉得……呃……总是沉溺于过往没什么好处。'发生了这种事情可太遗憾了!'现在一切都过去了,又何必旧事重提呢?我们还不是得继续过好眼前的日子。"

"我想,"玛丽诚挚地说道,"像凯和特德这样的人能够令我感到兴奋是因为——嗯,他们和我所遇见过的任何人、任何事都如此的不同。"

"是啊。我想他们也是。"

"甚至像你,"玛丽突然带着些酸楚说道,"也有过我或许永远都不可能拥有的经历。我知道你一直都不快乐——非常不快乐——但我还是忍不住会觉得,即使这样也比……呃……什么都没有强。空虚啊！"

她重重地说出了最后几个字。

奥德丽瞪大了眼睛，显得有点儿吃惊。

"我从来没想过你会有这种感觉。"

"你没想过吗？"玛丽赧然一笑，"哦，亲爱的，这只是一时发发小牢骚而已。我真不是有意这样说的。"

"只是在这里陪着卡米拉住，"奥德丽慢悠悠地说道，"对你来说确实不可能特别愉快——即使她是个挺可爱的人。给她读书念报，安排仆人做家务，还从来都不能出去休假。"

"我衣食无忧，居有定所，"玛丽说，"成千上万的女人连这些还得不到呢。而且说真的，奥德丽，我相当知足了。我呢，"她的唇边闪过了一抹微笑，"有我自己的消遣方式。"

"秘密勾当？"奥德丽也笑了，问道。

"哦，我计划一些事情，"玛丽暧昧地说道，"在我的脑海里。而且有时候我喜欢做实验——拿人来做。你知道，就是想看看我能不能让他们对于我所说的话按照我的本意去做出反应。"

"听上去你简直就是个虐待狂，玛丽。我得有多不了解你啊！"

"哦，都是无伤大雅的。就跟小孩过家家一样。"

奥德丽好奇地问："那你拿我做过实验吗？"

"没有。你是唯一一个我总也捉摸不透的人。你瞧，我永远都不知道你在想什么。"

"或许，"奥德丽严肃地说，"这样也好。"

她打了个寒战，玛丽叫道："你冷了。"

"是。我想我得去加件衣服。毕竟已经是九月份了。"

玛丽·奥尔丁独自留了下来，她凝视着水面上的倒影。此刻潮水正在退去。她伸开四肢躺在沙滩上,闭上了眼睛。

他们在酒店吃了一顿丰盛的午餐。尽管已经过了旅游旺季,这里依然几乎座无虚席,充斥着古里古怪、相貌各异的人。也对,这本来就是休闲的一天,用来打破平时日复一日的单调乏味。这同样也是一种解脱,让人逃离那种不安的感觉,逃离近些天来弥漫在海鸥角的紧张氛围。这本不是奥德丽的过错,可是内维尔……

特德·拉蒂默猛然间一屁股坐在了她身旁的沙滩上,打断了她的思绪。

"你把凯怎么啦?"玛丽问道。

特德简洁地回答道:"她被她的法定所有人领回去了。"

他语气中的某些东西令玛丽·奥尔丁坐了起来。她扫了一眼那片金光闪闪的沙滩,看到内维尔和凯正在水边漫步。接着她又迅速瞥了一下身边的这个男人。

她原本认为他就是个百无聊赖、离奇怪异,甚至带有几分危险意味的家伙。而此时,她第一次觉得她看到了一个受了委屈的年轻人。她暗想:他爱上了凯——真心实意地爱上了她——而之后内维尔出现,并把她抢走了……

她轻柔地说道:"我希望你在这里过得愉快。"

这就是一句客套话。玛丽·奥尔丁除了客套话之外很少说别的——这是她说话的方式。不过她语气中带着一种意味——这还是第一次——一种友善的意味。特德·拉蒂默对此做出了回应。

"或许,能过得跟我在任何其他地方一样愉快。"

玛丽说:"我很抱歉。"

"不过实际上你一丁点儿都不在乎!我是个外人,一个外人有什么感受、什么想法又有什么关系呢?"

她转过头去看着这个愤愤不平的英俊小伙子。

他以挑衅的眼神回看着她。

她就像发现了什么似的缓缓说道:"我明白了。你不喜欢我们。"

他不耐烦地笑了。

"你指望我会喜欢你们?"

她沉思道:"你知道吗,我还真是这样盼望着。当然了,人们会把太多的事情视为理所应当。人本来应该更谦逊一些的。是啊,我的确没想到你会不喜欢我们。我们欢迎你的到来,尽力款待你,当你是凯的朋友。"

"可不是吗,当我是凯的朋友!"

这句话脱口而出,带着愤恨。

玛丽怀着消除敌意的真诚说道:"我希望你能告诉我,真心地希望,你究竟为什么不喜欢我们?我们做了什么?我们犯了什么错误?"

特德·拉蒂默恶狠狠地说出了四个字:"自命不凡!"

"自命不凡?"玛丽并无怨怒地问道,同时心里不偏不倚地仔细掂量着这个罪名。

"是的,"她承认道,"我明白我们看上去可能会给人这种印象。"

"你们就是这样的。你们把生活中的一切美好事物都看成理所当然。你们还给自己圈出一片小天地,从而把草民们拒之门外,自己则在里面高高在上,快活享乐。而像我这样的人,在你们眼里跟外面的动物也没什么两样!"

"我很遗憾。"玛丽说。

"事实如此,不是吗?"

"不,不全是这样。或许我们很愚蠢,很刻板无趣,但我们并没有心怀恶意。我自己是个很传统的人,想必从表面上看来就是你所说的自命不凡。但是说真的,你要知道,我内心是很通人情的。此时此刻,我感到很难过,因为你并不快乐,而我希望我能够为此做些什么。"

"嗯……如果这么说的话,你真是太好了。"

停顿了一下之后,玛丽轻柔地说道:"你一直都爱着凯吗?"

"差不多吧。"

"她呢?"

"我想也是——直到斯特兰奇出现。"

玛丽温柔地说:"而你还依然爱着她?"

"我觉得这是显而易见的。"

过了片刻,玛丽平静地说道:"你离开这里不是更好吗?"

"我为什么要离开?"

"因为你在这里只会让自己觉得更痛苦。"

他看着她笑了起来。

"你是个好人,"他说,"不过对于在你们那个小天地周围徘徊着的动物你可就知之甚少了。在不久的将来,会发生很多事情。"

"什么事情?"玛丽急忙问道。

"走着瞧吧。"

8

奥德丽穿好衣服以后沿着沙滩走去,来到了岩石最突出的地方,托马斯·罗伊德正坐在那里冲着对岸抽烟斗,河对岸恰好矗立着洁白宁静的海鸥角。

托马斯转过头看着奥德丽走近,但他没有挪动。她默默地在他身边坐下。两个彼此非常熟悉的人沉浸在一种安逸的静默之中。

"看起来多近啊。"最终还是奥德丽打破了沉默,说道。

托马斯向海鸥角所在的地方看去。

"是啊,我们可以游回去。"

"这会儿的潮水可不行。卡米拉曾经有一个女仆,非常喜欢游泳,过去只要潮水合适,她经常在两岸之间游过来又游回去。但必须在潮水比较低或者比较高的时候——但要是赶上退潮,水流就会把你冲到河口去。有一天她就赶上了这种事情,幸亏她保持了镇静,最终安然无恙地在复活节角上了岸,只是整个人已经精疲力竭了。"

"没听人说过这里这么危险啊。"

"不是在这边。水流在另一边,在那边悬崖下很深的地方。去年有个人想要自杀——他从斯塔克岬上纵身一跃,结果半途被悬崖上伸出来的一棵树给拦住了,最后被海岸警卫队平平安安地救了下来。"

"可怜的家伙,"托马斯说,"我打赌他不会感激他们的。本来下定决心来个彻底解脱,结果倒被救下来了,这种感觉肯定会让人很反感,觉得自己就像个傻子似的。"

"也许他现在还挺高兴的呢。"奥德丽出神地说道。

她心里依稀想要知道那个男人此刻身在何处，又在干些什么。

托马斯抽了几口烟斗。他稍稍一转头就能够看到奥德丽。他注意到她的眼神越过水面注视着对岸，聚精会神，面色凝重。她长长的棕色睫毛点缀出脸颊的完美线条，还有那小巧的、贝壳似的耳朵。

这让他忽然想起了什么。

"哦，对了，我捡到了你的耳环——就是你昨晚弄丢的那个。"

他的手指在口袋中摸索。奥德丽伸出一只手来。

"太好了，你在哪儿找到的？露台上吗？"

"不是。是在楼梯附近。你肯定是在下楼用餐的时候弄掉的。晚饭时我就注意到你没戴。"

"能把它找回来我真高兴。"

她接过了耳环。托马斯认为对于这么小的一只耳朵来说，那个耳环又大又粗重。而她今天戴在耳朵上的也同样很大。

他说道："你即使游泳的时候也要戴着耳环，就不怕弄丢了吗？"

"哦，这些都是非常便宜的东西。我不喜欢不戴着耳环，因为这个。"

她摸了摸自己的左耳。托马斯想起来了。

"哦，对了，那次老邦瑟咬了你。"

奥德丽点点头。

他们都沉默了，在脑海里重温着一段儿时的记忆。奥德丽·斯坦迪什（那时候她还叫这个名字），一个双腿细细长长的孩子，低下头把脸凑过去看爪子受了伤的老邦瑟。结果被它狠狠地咬了一口。她不得不去缝了针。现在倒是看不出什么来——只是留了一道极其细小的伤疤。

"我的好姑娘,"他说,"已经几乎看不出来了。你为什么还那么在意?"

奥德丽停顿了一下,然后带着诚意说道:"那是因为……因为我忍受不了一丁点儿瑕疵。"

托马斯点点头。这个答案符合他对于奥德丽的了解——她那种追求完美的天性。她自身就是一件完美的杰作。

他突然开口说道:"你比凯要漂亮多了。"

她立即转过头来。

"哦,不,托马斯。凯……凯是真的很漂亮。"

"只是外表,并非内心。"

"你这是在夸赞,"奥德丽微微打趣地说道,"我美丽的心灵吗?"

托马斯磕了磕烟斗里的烟灰。

"不是,"他说,"我指的是你的躯体。"

奥德丽笑了起来。

托马斯给烟斗重新填满了烟叶。他们足足沉默了五分钟,其间只是托马斯时不时地偷偷瞟上一眼奥德丽,而奥德丽并没有意识到。

最终他轻声说道:"有什么不对劲吗,奥德丽?"

"不对劲?你说不对劲是什么意思?"

"就是你有点儿不对劲。有什么事情。"

"没有,没什么事情。一点儿都没有。"

"还是有。"

她摇了摇头。

"你不愿意告诉我吗?"

"没什么可说的。"

"我想我也许是个笨蛋——不过我还是得说——"他顿了一下,"奥德丽,你就不能忘了它吗?你就不能让这一切都成为过去吗?"

她突然把小手抠进了石缝。

"你不理解——你也没法去理解。"

"但是奥德丽,亲爱的,我理解。就是这么回事,我懂。"

她转过头看着他,脸上带着一丝疑惑。

"我知道你都遭遇了什么,一清二楚。而且……而且还知道这些事情对你来说意味着什么。"

此刻的她面色苍白,连嘴唇都已经失去了血色。

"我明白了,"她说,"我以前还以为……没人知道呢。"

"嗯,我知道。我……我不打算谈这些。但我想让你记住的是这一切都结束了——都已经过去了。"

她低声说道:"有些事不会过去。"

"听我说,奥德丽,总是沉湎在回忆中没有任何好处。就算曾经经历了地狱般的煎熬,你在心里一遍又一遍地回想也无济于事。要向前看——不要回头。你还年轻得很,你得生活下去,后面的日子还长着呢。想想明天,而不要总停留在昨天。"

她瞪大了眼睛,镇定地注视着他,眼神让人完全猜不透她心里的真实想法。

"那么,"她说,"假如我做不到呢?"

"但你必须做到。"

奥德丽柔声说道:"我想你还是没明白。我觉得,我……我在某些事情上……不是那么正常。"

他粗鲁地打断了她。

"胡说八道。你——"他住了口。

"我——怎么了?"

"我在想你还是个小姑娘的时候,想那时候的你——在你嫁给内维尔之前。你为什么要嫁给内维尔?"

奥德丽微微一笑。

"因为我爱上他了。"

"是啊,是啊,这个我知道。但你为什么会爱上他?他身上有什么东西那么吸引你?"

她眯起眼睛,仿佛试图要一眼看穿那个如今已经死去了的女孩。

"我想,"她说道,"那是因为他是如此的'积极乐观'。他一直以来都和我截然相反。我自己总会产生一种很虚幻的感觉——不是那么真实。而内维尔就特别真实,同时还那么快乐,那么自信,那么——反正他有我所不具备的一切。"她笑了笑又补充道,"而且还特别帅气。"

托马斯·罗伊德愤愤不平地说:"没错,完美的英国男人典范——擅长运动,态度谦逊,英俊帅气,一直都是个小小的正人君子,时时处处想要什么就有什么。"

奥德丽坐得笔直盯着他。

"你恨他,"她缓缓说道,"你非常恨他,不是吗?"

他避开她的眼神,转过头去用双手拢着,重新点燃已经熄灭的烟斗。

"就算我恨他你也不会很吃惊,对吗?"他含混不清地说道,"他拥有一切我没有的东西。他能打网球比赛,会游泳,会跳舞,还能说会道。我只是个笨嘴拙舌的白痴,一条胳膊还残废了。他一直都那么才华横溢，事业有成。我却始终是一个愚钝的蹩脚货。而且他还娶走了我唯一钟情的姑娘。"

她发出了一声轻微的哼声。他狠狠地说道："你始终都知道这些，不是吗？从你十五岁的时候起就知道我喜欢你。你也知道我依然喜——"

她打断了他的话。

"不。现在不了。"

"你什么意思——你说现在不了？"

奥德丽站起身来。她以平静而沉思的口吻说道："因为……现在……我不一样了。"

"哪方面不一样了？"

他也站了起来，和她面对着面。

奥德丽有点儿气喘吁吁地急速说道："如果你不知道，我也不能告诉你……我自己也说不准。我只知道——"

她突然停下来，猛地转过身，快步绕过了岩石，向着酒店的方向走去。

在拐过悬崖转角的时候她碰见了内维尔。他正直挺挺地躺在那儿，眼睛死死地盯着一个潮水潭。他抬眼看了一下，咧嘴一笑。

"嗨，奥德丽。"

"嗨，内维尔。"

"我正在看一只螃蟹。非常敏捷的小家伙。看，它就在那儿呢。"

她跪了下来，顺着他指的方向看去。

"看见它了吗？"

"看见了。"

"吸烟吗?"

她接过来一支,他帮她点上火。过了片刻,在她没看他的时候,他提心吊胆地说道:"我说,奥德丽?"

"嗯。"

"一切都还好,不是吗?我是说——你我之间。"

"是。是的,当然。"

"我的意思是——我们应该还是朋友吧?"

"哦,是——没错,当然了。"

"我真心希望我们能成为朋友。"

他眼巴巴地看着她。她则报以紧张的一笑。

他轻松随意地说道:"今天过得真惬意,不是吗?天气也很好,一切都很好。"

"哦,对啊——对啊。"

"对于九月份来说真的挺热的。"

一阵沉默。

"奥德丽——"

她站起身来。

"你妻子在找你。她正朝你挥手呢。"

"谁——哦,凯?"

"是的,你的妻子。"

他赶忙爬了起来,站在那里看着她。

他非常小声地说道:"你是我的妻子,奥德丽……"

她扭过脸去。内维尔穿过沙滩,向着海边凯的方向跑去。

9

他们一回到海鸥角,赫尔斯多就来到大厅里跟玛丽说话。

"你能立刻上楼去看看老夫人吗,小姐?她现在非常心烦意乱,想等你一回来就见你。"

玛丽赶忙跑上楼去。她发现特雷西利安夫人面色惨白,瑟瑟发抖。

"亲爱的玛丽,你回来我可太高兴了。我心里难受极了。可怜的特里夫斯先生死了。"

"死了?"

"是啊,难道不可怕吗?太突然了。很显然昨天晚上他甚至都没来得及脱掉衣服。他肯定刚一进屋就倒地不起了。"

"哦,天哪,我很难过。"

"当然了,谁都知道,他的身体弱不禁风,心脏极其脆弱。他在我们这儿的那段时间里没发生什么让他过度紧张和劳累的事情吧?我希望没有。昨天的晚餐也没有什么不好消化的东西吧?"

"我想没有吧——对,我确信没有。他那会儿看起来很好啊,兴致也挺高的。"

"我心里真的非常难过。玛丽,我希望你能去一趟巴尔莫勒尔宅邸,问一问罗杰斯太太。问问她我们能帮忙做些什么。然后还有葬礼的事。看在马修的分上我愿意尽我所能。对于一家旅店来说,处理这种事情实在是太棘手了。"

玛丽坚决地说道:"亲爱的卡米拉,你真的不必那么操心。这件事对你的打击太大了。"

"确实是这样啊。"

"我马上就去一趟巴尔莫勒尔宅邸,等我回来以后告诉你详情。"

"谢谢你,亲爱的玛丽,你总是那么讲求实际,而且通情达理。"

"现在请你试着休息一会儿吧。这种打击对你来说实在是太糟糕了。"

玛丽·奥尔丁离开了房间走下楼来。一走进客厅她就大声说道:"特里夫斯老先生死了。他昨天晚上回旅店之后就死了。"

"可怜的老头儿,"内维尔叫道,"这是怎么回事儿?"

"显然是心脏的问题。他一进屋就倒地不起了。"

托马斯·罗伊德若有所思地说:"我在想是不是那楼梯要了他的命。"

"楼梯?"玛丽诧异地看着他。

"没错。拉蒂默和我跟他分开的时候他正开始往上爬。我们还告诉他要慢一点儿。"

玛丽叫道:"但他干吗那么傻,不去坐电梯呢?"

"电梯出故障了。"

"哦,我明白了。实在太不幸了。可怜的老先生。"

她接着说道:"我现在准备过去一趟。卡米拉想知道有什么我们可以帮忙的。"

托马斯说:"我和你一起去。"

他们两个人一道沿着路走下去,转过弯就到了巴尔莫勒尔宅邸。玛丽说道:"我也不知道他有没有什么亲戚应该通知一下。"

"他没提过任何人。"

"对啊,一般人通常都会提起的。他们总是话里带着'我侄子'或者'我表哥'之类的。"

"他结婚了吗？"

"我相信没有。"

他们走进了巴尔莫勒尔宅邸敞开的大门。

女主人罗杰斯太太正在和一个高个子中年男子说话，那个男人友好地抬起手和玛丽打了个招呼。

"下午好，奥尔丁小姐。"

"下午好，拉曾比医生。这位是罗伊德先生。我们这次来是替特雷西利安夫人捎个口信，她想知道有什么事情我们可以帮忙。"

"你可真是太好了，奥尔丁小姐。"旅店女主人说道，"到我房间里来，好吗？"

他们全都进了一间舒适的小会客室，拉曾比医生说："特里夫斯先生昨晚是在你家吃的晚饭，对吗？"

"是的。"

"他那时看起来怎么样？有没有表现出什么不适的症状？"

"没有，他看起来非常好，也很高兴。"

医生点点头。

"是啊，这是心脏病病例里最糟糕的一种情况。死亡几乎都是突然降临的。我刚才在楼上看了一下他的处方，情况看来很清楚了，他的健康处在一种岌岌可危的状态。当然了，我会和他在伦敦的医生取得联系。"

"他总是对自己非常小心谨慎，"罗杰斯太太说，"而且我敢保证他在我们那里得到了一切应有的照顾。"

"这个我确信，罗杰斯太太，"医生很巧妙地说道，"毫无疑问，死亡只是由于某种很轻微的额外劳累所导致的。"

"比如说爬楼梯。"玛丽提醒道。

"没错,有可能。实际上是几乎一定会导致——换句话说,如果他真的爬了那三段楼梯的话——不过想必他肯定不会干这种事吧?"

"哦,不会的,"罗杰斯太太说,"他总是坐电梯,总是。他最讲究了。"

"我的意思是说,"玛丽说,"在昨天晚上电梯坏了的情况下——"

罗杰斯太太惊讶地盯着她。

"可是昨天电梯根本就没出毛病啊,奥尔丁小姐。"

托马斯·罗伊德咳嗽了一声。

"抱歉,"他说,"昨晚我是和特里夫斯先生一起回到这里的。电梯上的确有一个告示牌,上面写着'电梯故障'。"

罗杰斯太太瞪大了眼睛。

"啊,那可就怪了。我要是早说电梯一点儿毛病都没有就好了——实际上我确定它没毛病。要是真有毛病的话我肯定会知道的。我们这部电梯一点儿故障不出已经有(手摸着木头)[①]——哦,得有十八个月了吧。它还是非常可靠的。"

"也许,"医生提醒道,"是哪个门童或者大厅的服务生下班的时候把牌子挂了出来?"

"这是部自动电梯,医生,不需要任何人去操作它。"

"哦,对了,是啊。我忘记了。"

"我得跟乔谈谈。"罗杰斯太太说。她急匆匆地走出屋去,叫喊着:"乔——乔——"

拉曾比医生好奇地看着托马斯。

[①]英国人一种图吉利的方式,当听到或者说了什么不吉利的话时要用手摸摸木制品。

"不好意思,你有把握吗,呃——先生贵姓?"

"罗伊德。"玛丽插嘴道。

"很有把握。"托马斯说。

罗杰斯太太带着门童回来了。乔强调说前一天晚上电梯什么毛病都没出。托马斯描述的那块告示牌确实存在,但它被藏在桌子底下,已经有一年多没用过了。

大家面面相觑,一致认为这是一件非常蹊跷的事情。医生提出,很有可能是旅店里某个客人搞的恶作剧,于是他们觉得猜测也只能到此为止了。

对于玛丽提出的问题,拉曾比医生解释说特里夫斯先生的司机已经给了他特里夫斯先生律师的地址,而他正在和他们取得联系,然后他会去拜访特雷西利安夫人,并且告诉她需要安排跟葬礼有关的事宜。

随后这个忙碌而乐观的医生便匆匆离开了,而玛丽和托马斯则慢慢地走回海鸥角去。

玛丽说:"你很确定看见那块告示牌了吗,托马斯?"

"拉蒂默和我都看见了。"

"简直太离奇了!"玛丽说道。

10

这一天是九月十二日。"只剩两天了。"玛丽·奥尔丁说。说完她就咬着嘴唇,满脸通红。

托马斯·罗伊德若有所思地看着她。

"这就是你对这件事的看法?"

"我也不知道是怎么了,"玛丽说道,"我这辈子还从来没有这么急切地盼望着来访的客人赶紧回去呢。通常我们都特别喜欢内维尔来。对奥德丽也是一样。"

托马斯点点头。

"不过这一次,"玛丽继续说道,"给人的感觉就像是坐在火药桶上了似的。这东西随时都有可能爆炸。这也是为什么我今天早晨对自己说的头一句话就是:'只剩两天了。'奥德丽星期三走,内维尔和凯是星期四。"

"而我星期五走。"托马斯说。

"哦,我可没把你算在内。你已经成了我们的主心骨。我都不知道如果没有你,我该怎么办。"

"就像个和事佬?"

"远不止这个。你一直都那么善解人意,那么……那么处变不惊。这话听起来可能有点儿可笑,不过我真是这么想的。"

尽管有点儿难为情,但托马斯看上去还是很高兴。

"我不知道大家为什么都那么心绪不宁,"玛丽沉思着说道,"说到底,要是……要是真有什么事情爆发出来的话,肯定会让人觉得既尴尬又难堪,不过最多也就是这样了吧。"

"但你的感受可并非仅此而已。"

"哦,是的,不仅如此。那是一种确定无疑的担忧和恐惧。甚至仆人们都能感觉出来。今天早上厨房的女佣就突然放声大哭,说要辞职不干了——完全无缘无故。厨子神经兮兮的,赫尔斯多坐立不安,就连一向稳如泰山的芭雷特都露出了紧张的迹象。而所有这些都得怪内维尔,就为了安抚他的良心,想出了这么个让前妻和现任太太交朋友的荒唐点子。"

"这个别出心裁的主意可算是一败涂地了。"托马斯说道。

"就是。凯都快疯了。而且说真的,托马斯,我都忍不住要同情她。"她停顿了一下,"昨天晚上你注意到奥德丽上楼的时候内维尔在她身后看着她的眼神了吗?他依然在乎她,托马斯。这件事从头到尾就是个悲剧性的错误。"

托马斯开始填他的烟斗。

"他事先就应该想到。"他冷冷地说道。

"哦,我知道。大家肯定会这么说。不过这也改变不了整件事是一出悲剧的事实。我没法不替内维尔感到难过。"

"像内维尔这样的人——"托马斯欲言又止。

"怎么样?"

"像内维尔这样的人总是认为他们可以随心所欲,而且想要什么就有什么。我觉得内维尔这辈子在遇上奥德丽这件事之前怕是还没有碰过什么钉子。好了,这下子碰上了。他得不到奥德丽。她让他触不可及。就算小题大做也没什么用,他只能咽下这口气了。"

"我觉得你说得很有道理。不过这话听起来真是挺残忍的。奥德丽嫁给内维尔的时候可是深爱着他,而且他们一直很合得来。"

"嗯,现在她已经不爱他了。"

"对此我不清楚。"玛丽窃窃低语道。

托马斯继续说道:"而且我还要告诉你一些别的事。内维尔最好提防着点儿凯。她是那种很危险的女人,又年轻气盛——是真的危险。如果她发起脾气来,可是会不择手段的。"

"唉,"玛丽叹了口气,又满怀希望地重复了一遍她最初说的那句话,"好了,只剩两天了。"

最近的四五天非常难熬。特里夫斯先生的死给了特雷西利安夫人一个沉重打击,对她的健康状况造成了不利影响。让玛丽感到庆幸的是，葬礼已经在伦敦举行完了，这样一来就能够让老夫人从这次不幸事件中更快地解脱，否则的话不知道她还要沉浸于其中多久。全家人都极其紧张不安，玛丽在这个早晨也感觉到疲惫不堪，心灰意懒。

"在一定程度上也是这天气闹的，"她大声说道，"太反常了。"

这段日子一直是晴朗炎热，对于九月份来说的确不太正常。有那么几天，即使在阴凉的地方，温度计也能够达到七十华氏度[①]。

话音未落，只见内维尔溜溜达达踱出了屋子，来到他们身边。

"在埋怨天气呢？"他一边抬眼看了看天一边问道，"是有些不可思议。今天居然比哪天都热，而且还没有风。让人莫名其妙地心浮气躁。不过，我觉得用不了多久我们就能盼来雨天了。只是今天也有点儿太热了，简直受不了。"

托马斯·罗伊德漫无目的又悄无声息地走开了，很快他的身影便消失在了房子的拐角处。

"闷闷不乐的托马斯走了，"内维尔说，"我一来他就不高兴，是个人都能看出来。"

"他是个挺好的人。"玛丽说。

"我不敢苟同。他就是那种心胸狭隘还满怀成见的家伙。"

"我想，他一直希望能娶奥德丽为妻。结果后来你不期而至，把他挤走了。"

"他会花上差不多七年时间才能下定决心向她求婚。可难道

[①]相当于二十一摄氏度。

他真的指望那个可怜的姑娘会一直等到他下决心？"

"或许，"玛丽不慌不忙地说道，"这一切马上就要发生了。"

内维尔看着她，一边的眉毛扬了起来。

"真爱得到回报啦？奥德丽会嫁给那个窝囊废？他可太配不上她了。不，我可不认为奥德丽会嫁给闷闷不乐的托马斯。"

"我相信她真的很喜欢他，内维尔。"

"你们这些女人，总是喜欢乱点鸳鸯谱！就不能让奥德丽稍微享受一下自由生活吗？"

"如果她真的享受这些，那当然可以。"

内维尔立刻说道："你觉得她不快乐吗？"

"我真的一点儿都不知道。"

"我知道的也不比你多，"内维尔慢条斯理地说，"没人真的了解奥德丽心里在想什么。"他停顿了一下又添上一句，"不过奥德丽可是个百分之百有涵养的人，白璧无瑕。"

随后，与其说他是在对玛丽说话，莫不如说是在自言自语。

"天哪，我可真是傻到家了！"

玛丽带着几分惴惴不安走回屋里。她第三次对自己重复了那句宽心话："只剩两天了。"

内维尔在花园和露台周围踱来踱去，心绪不宁。

他发现奥德丽正好坐在花园尽头的矮墙上，望着下方的水面。此刻恰逢涨潮时分，河水满溢。

她立刻站起身，向他走来。

"我正要回屋去，应该快到下午茶时间了。"

她语速急促，透出焦急，看都没看他一眼。

他在她身旁走着，一言不发。

直到他们再次来到露台之上，他才开口说道："我能跟你谈谈吗,奥德丽?"

她的手紧紧抓着围墙边缘,立即说道:"我觉得你最好别跟我谈。"

"那就意味着你知道我想要说什么。"

她没有回应。

"怎么样啊,奥德丽?难道我们不能回到当初吗?不能忘掉已经发生过的一切吗?"

"也包括凯?"

"凯,"内维尔说,"会通情达理的。"

"你说通情达理是什么意思?"

"简单说吧。我会到她面前,把事实告诉她,请求她宽宏大量。告诉她你才是我唯一爱过的女人,千真万确。"

"你和凯结婚的时候是爱着她的。"

"我和凯结婚是我这辈子犯过的最大错误。我——"

他突然住了口。凯从客厅的落地窗走了出来。她向他们走来,面对她怒火中烧的眼神,就连内维尔也有些畏缩了。

"真抱歉打断了你们这么感人的场景,"凯说,"不过我觉得我来得正是时候。"

奥德丽抽身离开。"我不打扰你们了。"她说。

她面色苍白,语气平淡。

"对啊,"凯说,"你已经如你所愿地使完所有坏了,不是吗?回头我会找你算账的。现在我得先跟内维尔把话挑明了。"

"听我说,凯,奥德丽跟这件事一丁点儿关系都没有。这不是她的错。你非要怪那就怪我——"

"我是要怪你。"凯说。她的眼睛死死盯着内维尔,像要喷出火来。"你以为你是个什么样的男人?"

"一个相当可怜的男人。"内维尔痛苦地说道。

"你抛下老婆,一根筋地追求我,搞得你老婆跟你离了婚。前一秒还爱我爱得发狂,下一秒你就嫌我烦!现在我猜你是想要回到那个脸色惨白、嘤嘤作态、两面三刀的小恶妇那儿去喽——"

"住口,凯!"

"行啊,你想怎么样?"

内维尔已经面无血色,他说道:"可怜虫,软蛋,懦夫,你爱怎么叫就随你怎么叫,但那也没什么用了,凯。我继续不下去了。我想——说真的——我肯定一直都爱着奥德丽。我对你的爱就是……就是一种迷恋。不过那也无济于事,亲爱的——咱们俩合不来。说到底,我没本事让你快乐。相信我,凯,及早分开会更好些。我们试着心平气和地分手吧,大度一些。"

凯故作平静地说道:"你究竟在说什么啊?"

内维尔并没看着她。他紧绷的下巴显示出坚定不移的决心。

"我们可以离婚。你可以因为我遗弃你而跟我离婚。"

"现在没门儿。你就等着吧。"

"我会等的。"内维尔说。

"然后呢,三年以后或者不管怎么样,你就可以请求温柔可爱的奥德丽再一次嫁给你了?"

"如果她还要我的话。"

"她肯定要你啊!"凯恶狠狠地说道,"可我上哪儿去?"

"你就自由了,可以去找一个比我好的男人。当然了,我会做好安排,确保你衣食无忧——"

"别想收买我!"她终于控制不住自己,嗓门也提高了,"听我说,内维尔。你不能对我这么干!我不会和你离婚的。我当初嫁给你是因为我爱你。我也知道你是从什么时候开始反感我的。就是在我让你知道是我尾随着你去了埃什托里尔那件事之后。你本希望那一切都是天意，是命中注定。可一想到其实这些都出自我的一手策划，就让你的虚荣心遭受了打击。好啊，我不为自己的所作所为感到羞耻。你爱上了我，然后娶了我，我才不会让你回到那个又一次勾引上你的狡猾的小恶妇那儿去呢。她处心积虑要这么做——但这次她得逞不了！我要先杀了你。你听明白了吗？我要杀了你。我还要杀了她。我要看着你们俩死。我要——"

内维尔上前一步抓住了她的胳膊。

"闭嘴吧，凯。看在老天爷的分上。你不能在这儿这么大吵大闹。"

"我不能吗？你走着瞧。我会——"

这时赫尔斯多来到了露台之上，脸上毫无表情。

"茶点已经在客厅里准备好了。"他宣布道。

凯和内维尔慢慢地向客厅的落地窗走去。

赫尔斯多闪在一旁给他们让开了路。

天空中，乌云开始聚集。

11

六点四十五分的时候，雨开始下起来。内维尔从他卧室的窗户向外望着。他没再和凯说过话。下午茶过后他们就开始回避彼此。

那天的晚餐大家吃得都有点儿别扭，气氛很不自然。内维尔一直心不在焉；凯化了异乎寻常的浓妆；奥德丽坐在那里一动不动,仿佛一个幽灵。玛丽·奥尔丁尽其所能地想要找些话题来说,就因为托马斯·罗伊德没能好好配合,她还有些恼火。

赫尔斯多也显得惶恐不安,端蔬菜上来的时候他的手颤抖不已。

晚餐接近尾声时,内维尔尽力做出一副漫不经心的样子说道:"饭后我得去一趟复活节海岬,拜访一下拉蒂默。我们没准儿会打上一局台球。"

"带上门钥匙,"玛丽说,"万一你要晚回来呢。"

"谢谢,我会的。"

他们来到客厅里,咖啡已经备好了。

打开无线电收音机听听新闻算是个让人愉快的消遣。

从吃晚饭的时候起就一直在夸张地打着哈欠的凯说她头疼,准备上楼去睡觉。

"你有阿司匹林吗?"玛丽问道。

"我有,谢谢。"

凯离开了房间。

内维尔把收音机调到了一个音乐节目,在沙发上静静地坐了一会儿。他一眼都没看奥德丽,反倒像个闷闷不乐的小男孩一样缩成一团坐在那儿。他那副样子让玛丽都无可奈何,替他感到难过。

"好啦,"最终他打起精神来说道,"要走的话我最好现在就动身。"

"你打算开你的车去还是坐渡轮?"

"哦,渡轮吧。没必要绕上十五英里的圈子。我挺喜欢稍微走一走的。"

"外面正在下雨呢,你得知道。"

"我知道啊。我带雨衣了。"他朝门口走去。

"晚安。"

在大厅里，赫尔斯多向他走来。

"先生，能否请您上楼去一下特雷西利安夫人那里？她特意说想见您。"

内维尔瞟了一眼钟。已经十点了。

他耸了耸肩膀，走上楼去，沿着走廊来到特雷西利安夫人的房间门前，抬手敲了敲门。在等回应时，他听到了下面大厅里其他人的说话声。看来大家今晚都要早早上床睡觉。

"进来。"特雷西利安夫人用清晰的声音说道。

内维尔走了进去，在身后关上了门。

特雷西利安夫人已经准备好要就寝了。除了床边的一盏阅读灯之外，其他所有的灯都已经熄了。她刚才在看书，不过此时放下了。她从眼镜上方看着内维尔。不知怎么的，那眼神有点儿令人生畏。

"我想跟你谈谈，内维尔。"她说。

内维尔不由自主地淡淡一笑。

"好吧，校长。"他说。

特雷西利安夫人没有笑。

"有些事情，内维尔，是我不允许发生在我家里的。我不想偷听任何人的私人谈话，但如果你和你妻子执意要在我卧室的窗户下面互相大喊大叫的话，我也很难听不到你们在说什么。据我听知，你正酝酿着一个计划，打算让凯和你离婚，然后适当的时候你再和奥德丽复婚。内维尔，这种事你绝对不能干，我也绝对不会同意。"

内维尔看上去费了不少劲才控制住自己的脾气。

"我很抱歉让你听到了那一幕，"他不耐烦地说道，"至于你说的其他那些，想来应该都是我的私事！"

"不，那不是你的私事。你在用我的房子来和奥德丽接触——要么就是奥德丽用我的房子和你——"

"她压根儿就没干过这种事情。她——"

特雷西利安夫人抬起手，打断了他的话。

"不管怎么说，你不能这么干，内维尔。凯是你的妻子。她有一些权利是你不能剥夺的。在这个问题上我完全站在凯这一边。自己挖的坑就得自己填。你现在对凯有义务，我要明明白白地告诉你——"

内维尔上前一步。他的嗓门也提高了。

"这件事你根本管不着——"

"不仅如此，"特雷西利安夫人对他的异议置之不理，继续说道，"奥德丽明天就要离开这所房子——"

"你不能这样！我不能容忍你——"

"不要冲我喊，内维尔。"

"我告诉你我不允许你这样——"

在走廊里，不知什么地方的一扇门关上了……

12

眼睛像醋栗一般的女佣艾丽丝·本瑟姆神色不安地找到了厨师斯派塞太太。

"哦，斯派塞太太，我真的不知道该怎么办了。"

"出什么事了，艾丽丝？"

"是芭雷特小姐。一个多小时以前我把她的茶端去给她。她睡得死死的,一点儿都没醒,但我也不想多做什么。然后五分钟以前,我又进去了一趟,因为她还没下来,而老夫人的茶全都准备好了,等着她端进去呢。所以我就又进去了,结果发现她还那么睡着呢——我叫都叫不醒她。"

"你没摇晃摇晃她吗?"

"我摇了,斯派塞太太。我晃她的脑袋——但她就那么躺着,脸色可怕极了。"

"上帝啊,她没死吧,嗯?"

"哦,没有,斯派塞太太,因为我能听见她喘气,但是声音挺奇怪的。我想她可能是生病了或者什么的。"

"好吧,我上去亲自看看。你把老夫人的茶端进去。最好沏一壶新的。她肯定纳闷出了什么事。"

斯派塞太太上楼去的时候,艾丽丝老老实实地按照她吩咐的去做了。

端着托盘走过走廊,艾丽丝敲响了特雷西利安夫人的房门。敲了两遍没人应答之后她推门进了屋。片刻之后,屋子里传来了茶具打碎的声音和一连串的尖叫,艾丽丝冲出了房间跑下楼去,恰好撞上了正穿过大厅向餐厅走去的赫尔斯多先生。

"哦,赫尔斯多先生……有贼来过了,老夫人死了……被杀了……她脑袋上有个大洞,到处都是血……"

精明的幕后黑手

1

巴特尔警司很愉快地度过了他的假期。此时距离假期结束还有三天时间,天气起了变化,开始下起雨来,这让他感到稍微有些失望。然而,在英格兰你还能期盼什么别的呢?至少到目前为止,他已经非常幸运了。

电话铃响的时候,他正和他的外甥詹姆士·利奇督察一起吃早饭。

"我马上就到,长官。"吉姆[①]挂上了听筒。

"很严重吗?"巴特尔警司问道。他注意到了外甥脸上的表情。

"我们摊上了一桩谋杀案。是特雷西利安夫人,一个老太太,在这一带家喻户晓,是个老病号。盐溪那边建在悬崖上的那所房子就是她的。"

巴特尔点点头。

"我要去见那个老头儿了,(利奇在说起他的警察局局长的时候就是这么不敬)。他是她的朋友。我们要一起过去。"

当他走到门口时又恳求地说道:"这件事你会助我一臂之力的,对吗,舅舅?这还是我头一次碰上这类案子。"

---

①吉姆是詹姆士的昵称。

"只要我在这儿,就会帮你的。入室抢劫案,对吗?"

"我还不知道呢。"

2

半个小时以后,警察局局长罗伯特·米切尔少校正面色凝重地对舅舅和外甥两个人说着话。

"现在说什么都为时尚早,"他说,"不过有一件事情似乎很清楚。这案子不是外人干的。什么东西都没丢,也没有破门而入的迹象。今天早上的时候所有门窗都是关好的。"

他直直地看着巴特尔。

"如果我要向苏格兰场提出请求的话,你觉得他们会派你来接这个案子吗?你看,你正好在案发现场。况且你和利奇还有这层关系。更确切地说,如果你愿意的话。当然这也就意味着你的假期要提前结束了。"

"那倒没关系,"巴特尔说,"至于您说的另一件事嘛,长官,您得跟埃德加爵士打个招呼,让他来决定(埃德加·科顿爵士是助理警务处长)。不过我相信他是您的朋友吧?"

米切尔点点头。

"是啊,我想埃德加那边我能搞定。那这件事就这么定了!我马上去打电话。"

他抓起电话说道:"给我接苏格兰场。"

"您觉得这会是一件要案吗,长官?"巴特尔问道。

米切尔一脸严肃地说道:"这会是一件我们不想出任何差错的案子。我们要绝对确保抓到那个男人——当然了,也有可能是女人。"

巴特尔点点头。他非常清楚这句话的弦外之音。

我猜他知道是谁干的,他心中暗想,却又丝毫没显出什么欣喜之色。我敢打赌绝对是个有头有脸的人!

3

巴特尔和利奇站在装潢精美、布置考究的卧室门口。一名警官正在他们面前的地板上小心翼翼地检查一根高尔夫球杆握柄上的指纹——那是一根沉重的九号铁杆,球杆的杆头上留有血迹,还沾着一两根白发。

当地的外科警医拉曾比医生正站在床边,俯身检视着特雷西利安夫人的尸体。

他叹了口气,直起腰来。

"一目了然。她被人从正面击打,力气很大。第一下就打碎了头骨要了她的命,但凶手为了确保万无一失又给了她一下。我不会跟你们说那些天花乱坠的词——用普通老百姓的话来说就是这样。"

"她死了多久了?"利奇问道。

"要我说的话,应该在晚上十点到午夜之间。"

"你没法再精确一点儿了吗?"

"我宁可不那么精确。你得考虑各种各样的因素。现如今我们不再仅仅依靠尸僵来推断了。不会早于十点,也不会晚于午夜。"

"她是被这根九号铁杆打死的?"

医生扫了一眼球杆。

"很可能是。不过所幸凶手把它留下了,光看伤口我可没法推断出凶器是一根九号铁杆。说来也巧,球杆锐利的那一边没有碰着头部——所以击中她的肯定是带着弧度的球杆背面。"

"这样打的话不是会有点儿难度吗?"利奇问道。

"如果是蓄意这么干的话,的确有点儿难,"医生赞同道,"我只能认为,这样打中她是个相当离奇的巧合。"

利奇抬起手来,本能地试图重现那致命的一击。

"真别扭。"他评论道。

"是啊,"医生若有所思地说道,"整件事情都很别扭。你看,她被打中的地方在右边太阳穴——但不管是谁下的毒手,都必须站在床的右手边,面对着床头,左边没有什么空间,跟墙之间的空隙太小了。"

利奇竖起了他的耳朵。

"是个左撇子?"他问道。

"你不能让我在这一点上表态,"拉曾比说,"这里还有太多的问题。你愿意听的话,我会说最简单的解释就是凶手是个左撇子——不过也还有其他的方法可以解释。比如说,假定老太太在这个人打她的时候刚好稍稍向左转了转头。或者他也可能事先把床往外挪了,他站在床的左边,事后又把床挪了回去。"

"最后这种解释——不太可能。"

"或许不可能,但也可能就是这样。在这种事情上我有些经验,而且我可以告诉你,小伙子,推断说致命的一击是由左撇子干的这种事情可是充满了陷阱啊。"

侦缉警长琼斯蹲在地上说道:"这根高尔夫球杆是那种普通的供右手使用的类型。"

利奇点点头。"但这也可能不是凶手的东西。我想凶手是个男人吧,医生?"

"不一定。如果凶器就是这根沉重的九号铁杆的话，一个女人也可以用它打出致命的那一下。"

巴特尔警司平静地说道："不过你也不敢保证那一定就是凶器，对吗，医生？"

拉曾比很感兴趣地迅速瞥了他一眼。

"不敢。我只敢说这玩意儿可能是凶器——八九不离十，我会分析一下上面的血迹以确保血型吻合，还有那几根头发。"

"没错，"巴特尔赞许地说道，"严谨一些总是好的。"

拉曾比好奇地问道："你对那根高尔夫球杆有什么疑问吗，警司？"

巴特尔摇摇头。

"哦，没有，没有。我是个头脑简单的人，喜欢相信亲眼看到的东西。她是被某件重物打死的——而那根球杆就很重。球杆上有血迹和头发，想来很可能就是她的血和头发。因此，那就是行凶用的家伙。"

利奇问道："她被打中的时候是清醒的还是睡着的呢？"

"在我看来，是清醒的。她脸上有那种惊愕的神情。要我说的话——只代表我个人的观点啊——她并没有料到接下来会发生什么。没有任何试图反抗的迹象，也没有恐惧和害怕。我就随口一说，她要么就是刚刚从睡梦之中醒过来，还有点儿迷迷糊糊的，没弄明白是怎么回事儿呢；要么就是她认识这个袭击她的人，并且觉得这个人不可能想要伤害她。"

"床头灯是亮着的，别的没什么了。"利奇沉思道。

"是啊，那也有两种可能。要么是因为有人进到她的卧室里，她被突然吵醒以后开了灯。要么那盏灯就是一直开着的。"

侦缉警长琼斯站起身来，脸上带着有所收获的欣喜微笑。

"球杆上有一组迷人的指纹，"他说，"清晰无比！"

利奇发出一声深深的叹息。

"这应该能让案情简化了。"

"真是个古道热肠的家伙，"拉曾比医生说道，"留下了凶器，凶器上留有指纹——我就纳闷他怎么没把名片也留下啊！"

"也有可能，"巴特尔警司说，"他只是慌里慌张，忙中出错。有些人是会这样的。"

医生点点头。

"这倒是真的。好了，我得走了，还得去照顾另一个病人。"

"什么病人？"巴特尔听上去突然来了兴趣。

"管家找我来其实是在发现这个情况之前。今天早上，有人发现特雷西利安夫人的女仆昏睡不醒。"

"她怎么了？"

"某种巴比妥酸盐服用过量。她的情况相当糟糕，不过最终会转危为安的。"

"女仆？"巴特尔说。他那一双牛眼死死盯着那个巨大的铃绳，它末端的流苏就垂在死者手边的枕头上。

拉曾比点了点头。

"就是那个。要是有什么事让特雷西利安夫人觉得不对劲的话，那是她首先会做的事情——拉铃叫她的女仆来。嗯，她可能一直到最后都在没完没了地拉那个铃。不过她的女仆是听不到的。"

"这是蓄意而为的，是不是？"巴特尔说，"你能确定吗？她没有睡前吃安眠药的习惯吧？"

"我能肯定她没有。她房间里一点儿这种东西的影子都没有。

而且我已经发现是怎么让她吃下去那些药的了。是番泻实①。她每晚都要喝一点儿番泻实，药就下在那里面。"

巴特尔警司挠了挠下巴。

"嗯，"他说，"有人对这所房子了如指掌。你要知道，医生，这是一桩非常与众不同的谋杀案。"

"好吧，"拉曾比说道，"那就是你们的事了。"

"我们的医生，是个好人。"拉曾比离开房间以后利奇说道。

此时只剩下他们两个人。照片已经拍过了，各种勘查的结果也已经记录在案。这两位警官已经获悉了这间作为犯罪现场的房间里所有应该知道的事实。

巴特尔点点头，权作对他外甥那句评论的回应。他看起来在苦苦思索着什么。

"你觉得可能有人在那些指纹印上去之后还握过这根球杆吗，比方说，戴着手套？"

利奇摇了摇头。

"我觉得不会，你也不会这么想的。你不可能紧握着那根球杆——我的意思是说，不可能在用它的同时还不破坏上面那些指纹。它们确实没被破坏，要多清楚有多清楚。你也看见了。"

巴特尔表示同意。

"那么现在，我们就该恭恭敬敬、客客气气地去问问大家能否让我们采集一下指纹了——当然了，绝无强迫。然后每个人都会说可以——接下来可能得到的结果无外乎两种。要么就是这些指纹没有一个对得上，要么就是——"

"要么我们就会找到要抓的男人。"

---

①一种可以治疗便秘的药物。

"我想是吧。或者也可能是我们要抓的女人。"

利奇摇了摇头。

"不,不是女人。球杆上的那些指纹是男人的。对于女人的指纹来说它们太大了。而且,这也不像是那种女人犯下的罪案。"

"是的。"巴特尔表示赞同,"很像是男人干的。残忍,男性化,身手挺敏捷但稍微有点儿笨拙。你知道这所房子里有这号人吗?"

"这所房子里的人我还一个都不认识呢。他们这会儿全都在餐厅里。"

巴特尔向门口走去。

"我们去看看他们吧。"他扭过脸又看了看那张床,摇了摇头说道,"我不喜欢那个铃绳。"

"它怎么了?"

"看着不对劲。"

他一边打开门一边又说道:"我想知道,谁会想要她的命呢?这附近那种欠让人敲脑袋的牢骚满腹的老太婆有得是。她看起来可不是那种人。我觉得她还算是招人喜欢的。"他停顿了一下,接着问道,"她很富有吧?谁能拿到她的钱?"

利奇听出了这句话的言外之意。

"你说到点子上了!那就是答案所在,也是我们首先要搞清楚的事情之一。"

他们一起走下楼梯的时候,巴特尔浏览了一下手里的名单。他大声念道:"奥尔丁小姐,罗伊德先生,斯特兰奇先生,斯特兰奇太太,奥德丽·斯特兰奇太太。嗯哼,似乎有一堆斯特兰奇家的人。"

"我听说,那是他的两个太太。"

巴特尔的眉毛抬了起来,嘴里咕哝道:"他是蓝胡子①吗?"

全家人都围坐在餐厅的桌旁,做出一副正在吃东西的样子。

巴特尔警司锐利的目光扫过转向他的一张张面孔。他以自己独特的方法对他们做出了快速的判断。他们如果知道了他对他们的看法可能会大吃一惊。那是一种断然的偏见。不管法律如何假意宣称任何人在被证实有罪之前都应该视为无辜,巴特尔警司还是一贯把跟谋杀案有牵连的所有人都当成潜在的凶手。

他的目光从在桌首坐得笔直并且面色苍白的玛丽·奥尔丁看起,到坐在她旁边,正往烟斗里填烟叶的托马斯·罗伊德,再到把座椅向后推,右手端着咖啡杯和杯碟,左手拿着根烟的奥德丽,然后是看起来失魂落魄、不知所措,正试图用一只颤抖的手点烟的内维尔,最后到用胳膊肘支着桌子,透过妆容都能看出花容失色的凯。

巴特尔警司心里是这么想的:

我猜那个是奥尔丁小姐。她大概是个冷静的家伙——能干的女人,想要打她个措手不及可不太容易。她旁边的那个男人有点儿让人捉摸不透——一只胳膊有毛病,一张不动声色的脸,很可能有自卑情结。我想那是两位太太之一——她已经被吓得魂不附体了,没错,她的确害怕得要命。手里的咖啡杯有点儿蹊跷。那个是斯特兰奇,我以前在哪儿见过他。他也是战战兢兢的——精神已经崩溃了。红头发的姑娘是个悍妇,脾气暴得就像魔鬼。不过头脑也一样。

就在他如此审视他们的时候,利奇督察正在发表着一番生硬而短小的演讲。玛丽·奥尔丁则通报了在场每个人的姓名。

---

① 法国民间故事中的人物,传说他曾经连续杀死了自己的六任妻子。

她最后说道:"当然了,尽管这件事让我们都极为震惊,但我们仍然迫切希望不遗余力地帮助你们。"

"那么首先,"利奇说着举起了球杆,"有谁认识这根高尔夫球杆吗?"

凯轻呼了一声,说道:"好恐怖啊。那不是——"随后就停住了。

内维尔·斯特兰奇站起身,绕过桌子走了过来。

"看起来像是我的。能让我看一眼吗?"

"现在一点儿问题都没有,"利奇督察说,"你可以拿着看。"

他话里别有意味的"现在"两个字似乎并没有在旁观者中造成什么反应。内维尔仔细地查看着球杆。

"我觉得这是我包里那几根铁头球杆中的一根,"他说道,"如果你们愿意跟我来的话,花一两分钟我就能给你们确认。"他们跟着他来到楼梯下的一个大储物间。他一把拉开储物间的门,巴特尔立刻觉得眼花缭乱,里面看起来塞满了网球拍。与此同时,他记起了曾经在哪儿见过内维尔·斯特兰奇。他随即说道:"先生,我见过你在温布尔登打比赛。"

内维尔半转过头。"哦,是吗,你看过?"

他正把一些网球拍扔到一边,可以看到储物间里靠着渔具的地方有两个高尔夫球袋。

"只有我太太和我打高尔夫球,"内维尔解释道,"那是把男士球杆。是的,没错——就是我的。"

他拿出了自己的球袋,里面至少装了十四支球杆。

利奇督察心里思忖道:这帮搞体育运动的家伙肯定自视颇高。我可不愿意当他的球童。

内维尔说道:"这是从圣艾斯伯特买的沃尔特·赫德森铁头

球杆之一。"

"谢谢你，斯特兰奇先生。这样一来就解决了一个问题。"

内维尔说道："最让我纳闷的事情是什么东西都没丢。而且整栋房子似乎也没有被闯入的迹象吧？"他的声音充满困惑，同时也带着惊恐。

巴特尔心中暗想：他们心里都已经琢磨过这些了，他们所有的人……

"那些仆人们，"内维尔说，"都是绝无害人之心的。"

"我会和奥尔丁小姐谈谈仆人们的事情，"利奇督察语气和婉地说道，"同时我不知道你能否就特雷西利安夫人的律师是谁给我一些指点呢？"

"阿斯奎思和特里劳尼律师事务所，"内维尔毫不迟疑地答道，"在圣卢。"

"谢谢你，斯特兰奇先生。我们必须得从他们那里查出特雷西利安夫人财产的全部情况。"

"你的意思是，"内维尔问道，"谁会继承她的钱吗？"

"说得没错，先生。比如她的遗嘱什么的。"

"我不了解她的遗嘱，"内维尔说，"不过就我所知，她自己身后并没留下多少钱。我可以告诉你她大部分财产的去向。"

"哦？斯特兰奇先生？"

"按照马修·特雷西利安爵士的最终遗嘱，这些钱将归我和我太太。特雷西利安夫人只能享有这笔钱的终身利息而已。"

"真的吗，遗嘱真是这么写的？"利奇督察饶有兴趣地看着内维尔，如获至宝。那眼神令内维尔禁不住紧张地畏缩起来。利奇督察继续发问，语气出奇地和蔼。

"你也不知道总共有多少吧，斯特兰奇先生？"

"我没法马上告诉你。不过我相信差不多有十万英镑吧。"

"真——的啊。给你们每个人十万？"

"不，我们俩平分。"

"明白了。一笔非常可观的钱哪。"

内维尔微微一笑。他平静地说道："要知道，我自己的钱已经足够养活我自己了，用不着那么眼巴巴地盼着拿死人的钱。"

利奇督察看上去也对于把这样的想法安在他身上感到有点儿惊愕。

他们回到餐厅，利奇又发表了第二番小小的讲话。这一次是关于指纹的事情。这是例行公事，需要对留在死者卧室里的家人的指纹进行——排除。

所有人都表示自愿——甚至近乎热切地——让警方采集指纹。他们被带进了书房，侦缉警长琼斯正拿着他的小辊筒在那里等候。

巴特尔和利奇则开始找仆人们谈话。

从他们口中没问出什么特别的情况。赫尔斯多解释了他给整栋房子锁门的具体程序，并且发誓说早起的时候发现门锁是原封未动的，没有任何外来者闯入的迹象。他进一步解释说前门只是用弹簧锁锁上，换句话说，并没有上门闩，故而用钥匙就可以从外面打开。之所以这样是因为内维尔先生昨晚去了复活节海湾，有可能会晚回来。

"你知道他是什么时候回来的吗？"

"知道，长官，我想大概是在两点半左右。我觉得有人跟他一起回来。我听到了说话的声音，后来一辆车开走了，接着我听到了关门声，然后内维尔先生就上楼了。"

"昨晚他离开这里去复活节海湾是在几点？"

"大约十点二十吧。我听到大门关上了。"

利奇点点头。看来暂时从赫尔斯多里也得不到更多消息了。他又讯问了其他仆人。他们个个都表现得既紧张又害怕，但在目前这种状况下这也是再正常不过的了。

最末一个接受讯问后离开的是稍微有点儿歇斯底里的厨房女佣，当房门在她身后关上时，利奇以探询的目光看着他舅舅。

巴特尔说："把那个女仆叫回来，不是那个凸眼睛的，我说的是又高又瘦，挺有精神的那个。她知道些什么。"

艾玛·威尔斯明显心神不宁。这次轮到那个年长一些、身材魁梧的大块头男人亲自来问自己，让她觉得如坐针毡。

"我只是想给你一些忠告，威尔斯小姐，"他和颜悦色地说道，"你也知道，对警方隐瞒任何事情都是不好的。这会让他们用对你不利的眼光来看待你，如果你懂我的意思的话。"

艾玛·威尔斯气愤却又有些不安地抗议道："我保证我从来没有——"

"好了，好了，"巴特尔举起一只又大又厚实的手掌，"你看到了什么事，不然就是听到了什么话。究竟是什么？"

"我并不是有意在听，我是说我没法听不到，赫尔斯多先生他也听到了。而且我并不认为，丝毫都不认为这些话和谋杀案有任何关系。"

"或许没有，或许没有。你只要告诉我们你听到了什么。"

"好吧，那会儿我正准备去睡觉。应该是刚过十点——我先把奥尔丁小姐的热水袋放到她床上，不管是夏天还是冬天她都要用，这样一来我当然就要经过老夫人的房门口。"

"说下去。"巴特尔说。

"我听到她和内维尔先生正在激烈地争吵，声音越来越高。

他根本就是在喊。哦,这才是名副其实的吵架呢!"

"记得他们究竟都说了些什么吗?"

"呃,我不是像你说的那样真的在听。"

"你是没有。但你肯定还是会听到只言片语的。"

"老夫人好像说她不会允许什么事在她家里发生,而内维尔先生说,'不许你说她任何坏话。'他是真生气了。"

巴特尔板着面无表情的脸,让她试着再回想一下,但最终也没能从她嘴里问出更多的信息。最后他把这个女人打发走了。

他和吉姆面面相觑。过了片刻,利奇说道:"琼斯这会儿应该能告诉我们一些关于指纹的事情了。"

巴特尔问道:"谁在检查房间?"

"威廉斯。他是个不错的小伙子。他不会漏掉任何蛛丝马迹的。"

"你让这家里的人都不许进房间了吧?"

"是的,直到威廉斯检查完为止。"

正在此时,房门开了,年轻的威廉斯探头进来。

"有些东西我想让你们看看。在内维尔·斯特兰奇先生的房间里。"

他们随即起身,跟着他来到了位于房子西侧的套房里。

威廉斯指着地板上的一堆东西。那是一套深蓝色的外衣、裤子和马甲。

利奇厉声问道:"你在哪里找到的?"

"捆成一捆塞在衣橱的下面。来看看这个,长官。"

他拾起外衣,把深蓝色的袖口给他们看。

"看见那些深颜色的污迹了吗?长官,不是血迹的话我就不是人。再看看这儿,溅得整条袖子都是。"

"嗯,"巴特尔避开了对方急切的眼神,"我得说,这看起来对年轻的内维尔很不利啊。房间里还有其他的衣服吗?"

"有一件深灰色的细条纹衣服搭在椅子上。在洗脸盆这里的地板上有很多水。"

"看上去就好像他心急火燎地把自己身上的血迹洗掉了似的?没错。不过这里离开着的窗户很近,雨水也会溅进来很多的。"

"但还不足以形成地上那几滩,长官。水到现在还没干呢。"

巴特尔默不作声。他的眼前呈现出一幅画面。一个男人手上和袖子上沾满血迹,匆匆忙忙脱掉衣服,把沾了血的衣服捆成一捆塞在衣橱里,然后拼命地用水冲他的双手和裸露的胳膊。

他朝另一面墙上的一扇门看过去。

威廉斯给他的眼神作了解答。

"那是斯特兰奇太太的房间,长官。门是锁着的。"

"锁着的?在这一边?"

"不。是在另一边。"

"在她那边,嗯?"

巴特尔思索了片刻,最后说道:"我们再去见见那个老管家。"

赫尔斯多神情焦虑。利奇干脆地问道:"赫尔斯多,为什么你没告诉我们昨晚你无意中听到了斯特兰奇先生和特雷西利安夫人之间的争吵?"

老人眨了眨眼睛。

"对于这件事我真的连想都没再想过,长官。我没觉得它是你们所说的那种争吵,那只能算是一次心平气和的意见分歧吧。"

利奇差一点儿就说出"心平气和的意见分歧个鬼啊"!

他继续问道:"昨天晚餐的时候,斯特兰奇先生穿的是什么衣服?"

赫尔斯多迟疑不决。巴特尔平静地说:"深蓝色的套装还是灰色细条纹的衣服?你要是想不起来,我担保别人也会告诉我们的。"

赫尔斯多打破了沉默。

"我想起来了,长官。是他那身深蓝色的衣服。家里人,"他生怕丢掉自己的声望,于是又补充道,"在夏天的时候没有换上晚礼服的习惯。他们经常在饭后出去——有时候在花园里,有时候去码头那边。"

巴特尔点点头。赫尔斯多离开了房间。他在门口与琼斯擦肩而过。琼斯看起来兴奋不已。

他说:"真是易如反掌啊,长官。我得到了他们所有人的指纹。只有一个人的指纹对得上。当然我目前还只能大致对比一下,但是我敢打赌绝对错不了。"

"哦?"巴特尔说。

"铁头球杆上的指纹,长官,是内维尔·斯特兰奇先生的。"

巴特尔靠回他的椅子里。

"好了,"他说,"看来问题已经迎刃而解了,不是吗?"

4

他们在警察局局长的办公室里——三个男人都表情沉重,满面愁容。

米切尔少校长叹一声说道:"唉,我觉得除了逮捕他,也没什么别的可做了吧?"

利奇轻声说道:"看来是这样,长官。"

米切尔向巴特尔警司这边看过来。

"打起精神来,巴特尔,"他亲切地说,"又不是说你最好的朋友死了。"

巴特尔警司叹了口气。

"我不喜欢这个案子。"他说。

"我觉得没人喜欢,"米切尔说,"不过我想我们有足够的证据去申请拘捕令了。"

"何止是足够啊。"巴特尔说。

"实际上要是我们不申请的话,任何人都有可能会问我们到底为什么不申请。"

巴特尔闷闷不乐地点点头。

"咱们再过一遍案情吧,"警察局局长说道,"你们已经搞清了动机——老夫人一死,斯特兰奇和他太太就能继承相当大的一笔钱。他是我们所知的最后一个看见她还活着的人——有人听见他和她在吵架。当天晚上他穿的那身衣服上有血迹,当然了,最糟糕的是,在实际的凶器上找到了他的指纹,而且没有其他人的。"

"但是长官,"巴特尔说,"你也不喜欢这个结论。"

"我要是喜欢才怪了呢。"

"那你究竟为什么不喜欢呢,长官?"

米切尔少校揉了揉鼻子。"或许,这样显得那家伙也有点儿太傻了吧?"他提示道。

"然而长官,他们有时候表现得就是这么傻。"

"哦,我懂——我懂。他们要是不这么傻我们怎么吃这碗饭呢?"

巴特尔对利奇说道:"你又不喜欢这件案子的什么呢,吉姆?"

利奇怏怏地动了动身子。

"我一直都挺喜欢斯特兰奇先生的。这么多年总是能时不时地看见他来这里。他是个很不错的绅士——还是把运动好手。"

"我不明白,"巴特尔缓缓说道,"凭什么一个优秀的网球运动员就不能同时也是个杀人凶手。这不矛盾啊。"他停顿了一下,"对于这个案子,我不喜欢的是那把铁头球杆。"

"铁头球杆?"米切尔有些困惑地问道。

"是的,长官,要不就是那个铃。不是铃就是铁头球杆——二选一。"

他继续慢条斯理,字斟句酌地说道。

"在我们看来,究竟发生了什么?是斯特兰奇先生去了死者的房间,大吵了一架,然后一气之下用铁头球杆敲了她的头吗?如果是这样的话,这件事就是没有预谋的,那他又怎么会碰巧带着根铁头球杆呢?球杆可不是那种你会在晚上随身携带的东西。"

"他那时候没准儿在练挥杆呢——差不多类似的事情吧。"

"是有可能——但没人这么说。没有人看见他在练习。上一次有人看见他手里拿着铁头球杆还是在大约一个星期以前,那时候他正在沙滩上练习打沙坑球呢。要知道,照我看来,你不能两种想法都抱着不放。要么就是他们大吵一架之后他被惹火了——可是我得提醒你们,我看过他在球场上比赛,在这种锦标赛当中,那些网球明星们个个都很激动,精神高度紧张,如果他们很容易发脾气是会表现出来的。我从来没见过斯特兰奇先生生过气。我想他应该能够很好地控制自己的情绪,比大多数人强。然而我们却在这里暗示他暴跳如雷,敲碎了一个弱不禁风的老太太的脑袋。"

"还有另一种可能性,巴特尔。"警察局局长说道。

"我知道,长官。关于这件案子是有预谋的说法。他想要老太太的钱。这个倒是跟那个铃的事对得上——需要给女仆下药——但是这和铁头球杆以及争吵的事情又说不到一起去!如果他下定决心要杀她,他就应该非常小心,避免和她发生争执。他本可以让女仆服下安眠药,再在夜里悄悄潜入她的房间,打碎她的脑袋,呈现成一桩漂亮的小抢劫案的模样,然后再把球杆擦干净,小心谨慎地放回原来的地方!大错特错了,长官,现在这成了冷血预谋和即兴暴力的混合产物,可这两者压根是水火不容的啊!"

"你说得有点儿道理,巴特尔。但是……还有什么别的可能呢?"

"勾起我兴趣的是那把铁头球杆,长官。"

"没有人能够既用那把球杆打她的脑袋还不破坏内维尔的指纹——这一点确定无疑。"

"要这么说的话,"巴特尔警司说,"打破她脑袋的就是别的什么东西。"

米切尔少校深吸了一口气。

"这个假设可有点儿离谱,不是吗?"

"我觉得这合乎情理,长官。要么就是斯特兰奇用球杆打了她,要么就没人这么做。我认为没人这么做。在这种情况下,那把铁头球杆就是故意放在那里的,血迹和头发也是后来抹上去的。拉曾比医生也不太喜欢那把铁头球杆——他不得不接受是因为那是显而易见的凶器,而且他无法确定那家伙没被用过。"

米切尔少校向后靠回椅背。

"继续下去,巴特尔,"他说,"我让你放手干。下一步有什么打算?"

"先把那根铁头球杆放到一边,"巴特尔说,"这样还剩下什么?首先是动机。内维尔·斯特兰奇真的有动机要除掉特雷西利安夫人吗?他继承了钱——在我看来,很大程度上取决于他是否需要那些钱。他说他不缺钱。我建议我们核实一下这件事,查清楚他的财务状况。如果他在经济上陷于困境并且需要钱的话,那这个案子对他就会大大不利了。另一方面来说,如果他说的是实话,他的财务状况很好,那么……"

"哦,那么什么?"

"那么,我们就该看一看这个家里其他人的动机了。"

"这么说,你觉得内维尔·斯特兰奇是被设计陷害了?"

巴特尔警司眯起了眼睛。

"我在什么地方看到过一种说法,很对我的胃口。说的是高明的幕后黑手,那仿佛正是我在这件案子里看到的东西。表面上看这就是一桩直截了当的粗暴罪行,但我却似乎从中瞥见了一些其他的东西——一只高明的幕后黑手在操纵……"

警察局局长看着巴特尔,停了好久都没开口。"你可能是对的,"最终他说道,"真见鬼,这件案子里有些事情是很蹊跷。现在,你对于我们的行动计划有什么想法吗?"

巴特尔轻轻摸着自己方正的下巴。

"嗯,长官,"他说,"我处理案子一向喜欢用最直接的方式。既然所有这一切都让我们去怀疑内维尔·斯特兰奇先生,那我们就继续怀疑他吧。目前还不至于真的要逮捕他,但要给他这方面的暗示,盘问他,让他感到害怕——同时从总体上观察每个人的反应。核实他的供述,缜密地查证那天晚上他的行踪。事实上,就是尽可能直截了当地表明咱们的意图。"

"够不择手段的,"米切尔少校眼神闪烁地说道,"这是要来一出明星巴特尔领衔主演的辣手警官戏啊。"

警司微微一笑。

"我一向喜欢做别人期望我做的事情,长官。这一次我有意要慢一点——不慌不忙,从容不迫。我想要四处探听一下,而怀疑内维尔·斯特兰奇先生恰好给了我一个很好的理由。你知道吗,我猜想这栋房子里一直在发生着什么怪事情。"

"从男女关系的角度来看?"

"你愿意这么说也行,长官。"

"用你自己的方法去处理吧,巴特尔。你和利奇继续查下去。"

"谢谢你,长官,"巴特尔站起身来,"律师那边没有什么有用的线索吗?"

"没有,我给他们打电话了。我跟特里劳尼还挺熟的。他正要寄给我一份马修爵士遗嘱的副本,也有特雷西利安夫人的。她自己每年能有大约五百英镑的入账——都投在金边证券①上了。她给芭雷特留了一份遗产,还有一小部分给了赫尔斯多,剩下的都留给玛丽·奥尔丁了。"

"那三个人我们也得留心一下。"巴特尔说。

米切尔看起来被逗乐了。

"疑神疑鬼的家伙,不是吗?"

"让自己满脑子都想着那五万英镑也没用,"巴特尔不动声色地说,"很多人会为了不到五十英镑去杀人呢。这取决于你有多想要这笔钱。芭雷特得到了一份遗产——也没准儿她未雨绸缪地给自己下了药,以便避开嫌疑呢。"

"她可几乎把小命都搭上了。拉曾比到现在还不让我们讯问

---

①用于形容风险很低的优质证券,因英国政府最初发行的债券票面的边缘为金色而得名。

她呢。"

"或许是因为无知吧,做得有点儿过了头。没准儿赫尔斯多也急需用钱。还有奥尔丁小姐,如果她自己没什么钱,兴许会想要在老得不行了之前捞上一小笔去享受一下生活呢。"

警察局局长看上去满脸疑云。

"好吧,"他说,"案子就交给你们两个了。接着干吧。"

5

回到海鸥角以后,两位警官接到了威廉斯和琼斯的报告。

所有的卧室里都再没发现什么可疑的东西。仆人们正吵着让警方允许他们去继续做家务。他能松这个口吗?

"我想,这样也好,"巴特尔说,"我要先去楼上那两层溜达溜达。那些不经常收拾的房间会告诉你一些关于房客的有用的事情。"

琼斯警长把一个小纸盒子放在桌子上。

"这是从内维尔·斯特兰奇先生的深蓝色外衣上找到的,"他郑重地说道,"红头发在袖口上,金发是在领子的内面和右肩。"

巴特尔把那两根红色的长发和五六根金发拿出来端详着,然后他眼里微微闪着光说道:"正合适。这栋房子里正好有一个金发的、一个红发的和一个深褐色头发的。所以我们立刻就知道该从哪儿下手了。红头发在袖口,金发在领子上?内维尔·斯特兰奇先生看起来还真有点儿像蓝胡子。他一手搂着一个老婆,而另一个还把脑袋靠在他肩膀上。"

"袖子上的血迹已经送去分析了,长官。一有结果他们就会给我们打电话。"

利奇点点头。

"仆人们怎么样了?"

"我遵照了你的指示,长官。没有人接到过解雇的通知,似乎也没人对老太太怀恨在心。她很严厉,但是很受大家喜爱。而且管理仆人们的责任是交给奥尔丁小姐的,她似乎已经和他们打成一片了。"

"我第一眼看到她就觉得她是个能干的女人,"巴特尔说,"假如她就是我们要找的凶手的话,想让她伏法还真不容易呢。"

琼斯看上去大吃一惊。

"但长官,那根铁头球杆上的指纹可是——"

"我知道——我知道,"巴特尔说,"是那个特别古道热肠的斯特兰奇先生的。大家都说运动员四肢发达头脑简单——顺便说一句,这话一点儿都不对,但我可不相信内维尔·斯特兰奇会傻到那种地步。那个女仆的番泻实查得怎么样了?"

"那东西通常放在二楼仆人浴室的架子上。她总是在正午时分把它们浸泡起来,然后就放在那里,直到晚上她上床睡觉。"

"这么说来,毫无疑问任何人都可以拿到它们啦!换句话说,任何在这所房子里的人。"

利奇坚定地说道:"这案子的确是内部人干的!"

"没错,我也这么想。倒不是说这是那种封闭模式的犯罪。这桩案子不是。任何人拿了钥匙就能打开前门进来。昨晚是内维尔·斯特兰奇拿着钥匙——但要想把锁弄开可能也不是难事,让一个老手来的话,没准儿用一根铁丝就能搞定了。不过我可不觉得有任何外来者会知道那个铃,还有芭雷特晚上要喝番泻实!那是只有家里人才知道的事情!

"来吧,吉姆,我的孩子。我们上楼去看看这间浴室,还有剩下的其他那些房间。"

他们从顶层开始查看。首先来到一间储藏室,那里堆满了损坏了的旧家具和各式各样的破烂货。

"我还没检查过这里,长官,"琼斯说,"我不知道——"

"你还想找到什么?完全正确,只是在浪费时间。从地板上的灰尘来看,这里至少有半年没人来过了。"

仆人们的房间都在这一层,此外还有两间没人用的卧室带着一间浴室,巴特尔在每个房间里都匆匆扫了一眼,注意到那个凸眼睛的女仆艾丽丝是关着窗户睡觉的;那个瘦瘦的艾玛有一大堆亲戚,她的五斗柜上满满当当都是他们的照片;而赫尔斯多则拥有一两件虽说有点儿裂纹,但品质依然上好的德累斯顿以及皇冠德贝陶瓷制品。

厨师的房间纤尘不染,而厨房女佣的房间则乱作一团。巴特尔继续向前,走进了最靠近楼梯口的浴室。威廉斯指给他看洗脸盆上方的长架子,上面摆放着漱口杯和牙刷、各种油膏以及瓶瓶罐罐的浴盐和洗发水。一包番泻实敞开着放在架子的一端。

"玻璃杯或者包装袋上没有指纹?"

"只有那个女仆自己的。我从她的房间里取到了她的指纹。"

"他并不需要拿起杯子,"利奇说道,"只要把药放进去就行了。"

巴特尔走下楼去,利奇紧随其后。在最顶上这段楼梯的中部有一扇位置有些别扭的窗户。一根末端带钩的杆子立在角落里。

"你可以用那根杆子拉开窗户,"利奇解释道,"不过那儿有个防盗螺钉。窗子可以向下拉开,但也只能到那儿了。对任何人来说,想从那里进来都太窄了。"

"我没想着有人从那儿进来。"巴特尔说,他的眼神显示出他在沉思。

他走进了下面一层的第一个房间,那是奥德丽·斯特兰奇的卧室。房间里整洁亮丽,梳妆台上放着几把象牙刷子,没有散放在各处的衣物。巴特尔看了看衣橱里面,两身普普通通的女式套装,两三件晚礼服,一两条夏天穿的连衣裙。连衣裙是便宜货,而定制的服装则精工细作,价格不菲,只是已经不太新了。

巴特尔点点头。他在写字桌前站了片刻,手里摆弄着放在吸墨纸左边的笔盘。

威廉斯说道:"吸墨纸上和废纸篓里都没有什么让人感兴趣的东西。"

"你说得很对,"巴特尔说,"这儿没什么可看的。"

他们继续去看其他人的房间。

托马斯·罗伊德的房间杂乱无章,衣物随处散放。桌上和床边有几个烟斗,到处都是烟灰,床上还扔着一本翻开的吉卜林[①]的《基姆》。

"习惯于让当地的用人们跟在他后面收拾,"巴特尔说,"喜欢看这些特别喜爱的旧书。是个因循守旧的人。"

玛丽·奥尔丁的房间比较小,但是很舒适。巴特尔看着架子上的旅行书籍以及那些老式且带着凹痕的银刷。这个房间里的家具陈设和色调比这栋房子里的其他房间都更新潮。

"她没有那么保守,"巴特尔说,"一张照片都没有。她不是那种活在过往中的人。"

这一层有三四个空房间,都维护得很好,收拾得干干净净,随时可以供人入住,此外还有两间浴室。接着是特雷西利安夫人

[①] 英国著名作家,曾于一九〇七年获诺贝尔文学奖。

的双人间。再走过去下三级小台阶,就是斯特兰奇夫妇所住的带浴室的两个房间。

巴特尔没在内维尔的房间里浪费太多时间。他从敞开的窗户向外面瞥了一眼,窗子是向西开的,下面是直入海底的岩壁,对面就是恣意耸出水面、令人望而生畏的斯塔克岬。

"下午阳光充足,"他喃喃自语道,"不过早上的景致就有些阴郁了。潮落的时候海草的气味也够难闻的。而那个海岬看起来一副阴森森的样子,也难怪会引得有人去自杀!"

两间屋子之间的门锁已经打开了,他走进了更大的那间。

这里一片狼藉。衣服乱七八糟地堆成堆——薄薄的内衣,长筒袜,套头衫试完了就随手一扔,一条带图案的夏季连衣裙胡乱地搭在椅背上。巴特尔看了看衣橱里面,那里挂满毛皮大衣、晚礼服、短裤、网球裙以及运动装。

巴特尔近乎虔诚地又把柜门关上了。

"品位够奢华的,"他评论道,"她肯定花了她丈夫很多钱。"

利奇阴沉地说道:"或许这就是为什么……"

他把后半句话咽了回去。

"为什么他需要十万——更确切地说是五万英镑?或许吧。我想我们最好听听他对此有什么要说的。"

他们下楼来到了书房。威廉斯被派去告诉仆人们可以继续做家务,而家里人如果愿意的话也可以回到各自的房间了。说完这些,他还通知他们,利奇督察打算分别找每个人谈话,从内维尔·斯特兰奇先生开始。

威廉斯走出房间之后,巴特尔和利奇就在一张维多利亚时期的巨大桌子后面坐定了。一名年轻警员拿着笔记本坐在房间的角落里,手里的铅笔随时准备记录。

巴特尔说："你先开个头吧，吉姆。要让他印象深刻。"对方一边点头，巴特尔一边揉搓着他的下巴，眉头紧蹙。

"我希望能知道为什么我脑子里总想起赫尔克里·波洛来。"

"你是说那个老头儿，比利时人，滑稽的小矮子？"

"滑稽个鬼啊，"巴特尔警司说，"他就像黑曼巴①和母豹子一样危险——每当他打算要装成个江湖骗子的时候就是这样。我希望他在这儿——这方面的事情他轻车熟路。"

"哪方面？"

"心理学，"巴特尔说，"真正的心理学，而不是从那些对此一窍不通的人嘴里说出来的不靠谱的玩意儿。"他心里悻悻然地想到了安姆弗雷小姐和他的女儿西尔维娅。"不，是货真价实的东西，刚好能知道究竟是什么在推动案情的发展。让凶手不断地说话，这就是他的方法之一。他说每个人迟早都会吐露实情的，因为到头来说实话还是比说谎要简单。于是他们会在某些他们认为无关紧要的事情上说漏嘴。这时候你就可以抓住把柄了。"

"这么说你也准备让内维尔·斯特兰奇作茧自缚喽？"

巴特尔心不在焉地应和了一声，随后又带着烦恼和困惑点了点头。

"但真正令我担忧的是，到底是什么让我想起了赫尔克里·波洛？在楼上——就在那儿。可我究竟看见了什么，才想起那个小个子的家伙呢？"

伴随着内维尔·斯特兰奇的到来，这场谈话也就此告一段落。

他看上去面色苍白，忧心忡忡，不过比起在早餐桌旁的样

---

① 产于非洲的一种毒蛇，属眼镜蛇科，被认为是全世界最致命的蛇。

子,那股紧张劲儿已经消减了大半。巴特尔目光锐利地看着他。一个人在得知自己的指纹留在了凶器之上——只要他还能够思考就能知道——而且后来还被警察取了指纹之后,居然既没有表现出强烈的紧张,也没有竭力厚着脸皮摆出一副若无其事的嘴脸,这还真是让人觉得不可思议。

内维尔·斯特兰奇看起来相当自然:震惊,忧虑,悲伤,以及微微流露出的一丝无伤大雅的紧张。

吉姆·利奇正用他那讨人喜欢的西部乡村口语说着话。

"我们想让你回答一些问题,斯特兰奇先生。包括你昨晚的行踪以及一些特定的事实。同时我必须要提醒你,你并不是必须回答这些问题,除非你想回答,另外如果你愿意的话,也可以让你的律师在场。"

他向后靠去,观察着这段话产生的效果。

内维尔·斯特兰奇的一脸困惑显而易见。

他一点儿都不知道我们葫芦里卖的是什么药,要不然他就是个好演员。利奇心里暗想。看见内维尔没有回应,他又大声说道:"怎么样,斯特兰奇先生?"

内维尔说:"当然,想问我什么你就问吧。"

"你知道,"巴特尔客气地说道,"你说的任何话都会被记录在案,随后还可能会作为呈堂证供。"

斯特兰奇的脸上掠过一丝怒意。他厉声说道:"你是在威胁我吗?"

"不,不,斯特兰奇先生。是警告你。"

内维尔耸了耸肩膀。

"我想所有这些都是你们的例行程序。继续吧。"

"你准备好做一份供述了?"

"如果你愿意这么叫的话。"

"那么,你能确切地告诉我们昨晚你都干了些什么吗?我们可不可以从晚餐开始说起?"

"没问题。晚饭以后我们去了客厅,喝了咖啡。我们还听了无线电广播——新闻之类的。然后我决定去一趟复活节海湾酒店,拜访一个住在那儿的家伙,是我的一个朋友。"

"那个朋友叫什么名字?"

"拉蒂默。爱德华·拉蒂默。"

"很亲近的朋友?"

"哦,一般般吧。自从他到本地来以后我们老能看见他。他来这儿吃过午饭和晚饭,我们也去过他那儿。"

巴特尔说:"那时候去复活节海湾有点儿晚了吧,不是吗?"

"哦,那是个娱乐场所,他们会一直开到深更半夜的。"

"不过这家的人都睡得比较早,对吗?"

"没错,大体上是这样。但我带了门钥匙,不用人熬夜等我。"

"你太太没想着要跟你一起去?"

内维尔说话的语气稍稍起了变化,变得有些僵硬。

"没有,她头疼。她那时候已经上床了。"

"请接着说下去,斯特兰奇先生。"

"我正准备上楼去换衣服——"

利奇打断了他的话。

"抱歉,斯特兰奇先生。换成什么?换上晚礼服,还是脱掉晚礼服?"

"都不是。我穿着一身蓝色的套装,那碰巧是我最好的一身衣服,当时外面有点儿下雨,而我又打算去乘渡船,然后到对岸再走上一段——你知道,大概有半英里的路程——于是我换了一身旧点儿的衣服。如果你们想让我详细说明的话,那是一身灰色细条纹的衣服。"

"我们的确喜欢把事情搞清楚,"利奇谦逊地说道,"继续说吧。"

"如我所说,我正要上楼去的时候,芭雷特来找我,说特雷西利安夫人想见我,于是我就去了,还跟她聊了几句。"

巴特尔温和地说道:"我想,你是最后一个看见她活着的人吧,斯特兰奇先生?"

内维尔的脸顿时通红。

"对……对……我想我是。那时候她还好好的呢。"

"你跟她在一起待了多久?"

"我想,大概二十分钟到半个小时吧,然后我就回我的房间,换了衣服,匆匆忙忙地走了。我随身带着钥匙。"

"那时候是几点?"

"我想应该是十点半左右。我迅速下了山,正好坐上就要启程的渡船到了复活节海岬那边。我在酒店找到了拉蒂默,我们俩喝了一两杯,又打了一局台球。时间过得飞快,我发现我错过了最后一班回程的渡船。那是一点半开船的。于是拉蒂默就很大方地开车送我回来了。你们也知道,那就意味着要绕过整个索廷顿——十六英里呢。我们两点钟离开酒店,回到这里大约是两点半。我向拉蒂默表示了感谢,还请他进来喝一杯,不过他说他还是想直接返回去,所以我就自己进来,直接上楼上床睡觉了。我既没有看到也没有听到什么异常情况。整栋房子看起来都睡着了,一片宁静。接着就是今天早上,我听到了那个女孩的尖叫,然后——"

利奇打断了他的叙述。

"的确,的确。现在我们再往前回溯一点儿,回到你和特雷西利安夫人的谈话上,她的举止都很正常吗?"

"哦,绝对正常。"

"你们说了些什么?"

"哦,东拉西扯。"

"心平气和地?"

内维尔脸红了。

"当然。"

"你们之间没有——比如说吧,"利奇继续平静地说,"发生过激烈的争吵?"

内维尔没有立即回答。利奇说道:"你也知道,你最好如实相告。我可以坦率地告诉你,你们之间的部分谈话被人无意中听到了。"

内维尔没好气地说道:"我们就是有一点儿意见不合。没什么大不了的。"

"为什么事情意见不合?"

内维尔强压住自己的脾气。他微微一笑。"坦白地说,"他说道,"她斥责我来着。这种事司空见惯。如果她不赞同谁的话,就会当面毫不客气地说出来。你知道,她是个老派的人,对于如今时髦的做法和想法总是有些看不顺眼——比如离婚什么的。我们有过争论,我可能是有点儿激动,不过我们分开的时候还是非常友好的——求同存异嘛。"接着他又带着点儿怒气补了一句,"我可没有因为一次争吵就怒火中烧打烂了她的头,如果你们就是这么想的话!"

利奇瞥了巴特尔一眼。巴特尔把身子缓缓向前靠上桌子。他说:"今天早上你认出了那把铁头球杆是你的东西。你对于在那上面发现了你的指纹这件事有什么要解释的吗?"

内维尔瞪大了眼睛。他厉声说道:"我……可那上面当然就该有我的指纹啊!那是我的球杆,我又经常拿着它。"

"我的意思是,你的指纹表明你是最后一个拿过这把球杆的人,这个事实你怎么解释?"

内维尔呆若木鸡地坐在那里,脸上血色全无。

"那不是真的,"他最终开口说道,"不可能是这样的。有人可能在我之后拿过它——某个戴着手套的人。"

"不,斯特兰奇先生,没有人能够如你所说的那样拿起它,把它举起来打人,还不破坏你留下的指纹。"

一阵静默——很长时间的静默。

"哦,上帝啊。"内维尔突然颤抖不已地说道。他用双手蒙住了眼睛。两位警官看着他。

然后他拿开了手,坐直了身子。

"这不是真的,"他轻声说道,"这根本不是真的。你们认为我杀了她,但我没有。我发誓我没杀她。这是个天大的错误。"

"那你对于这些指纹也没有什么可解释的吗?"

"我怎么解释?我已经哑口无言了。"

"你那件深蓝色的衣服袖口和领子上沾上了血迹,对此你有何解释?"

"血迹?"这是一声惊恐万状的低语,"这不可能啊!"

"比如说,你没有划伤自己吧——"

"不。没有,我当然没有!"

他们等了一小会儿。

内维尔·斯特兰奇的眉头紧蹙,看上去似乎正在思考。最终他抬起吓坏了的眼睛看着他们。

"这太荒唐了!"他说,"实在是荒唐。这些事没一件是真的。"

"事实够清楚的了。"巴特尔警司说道。

"但我为什么要做这种事啊?这简直匪夷所思——令人难以置信!我差不多从生下来就认识卡米拉了。"

利奇咳嗽了一声。

"斯特兰奇先生,我相信你亲口告诉过我们,特雷西利安夫人的死会让你继承一大笔钱,对吧?"

"你们觉得这就是杀人动机,对吗——可我不想要钱!我不需要!"

"这个嘛,"利奇一边轻轻咳嗽一边说道,"只是你嘴上说的,斯特兰奇先生。"

内维尔一跃而起。

"听着,这件事我是可以证明的,也就是说我并不需要钱。让我给我的银行经理打个电话,你们可以自己跟他说。"

电话拨出去了。线路很畅通,短短几分钟他们就和伦敦通上了话。内维尔说:"是你吗,罗纳德森?我是内维尔·斯特兰奇。你能听出我的声音。听我说,你能告诉警方——他们现在就在这儿——关于我的资产的全部情况吗?他们想要——好的——好的,稍等。"

利奇接过了听筒。他平心静气地说着,通话在继续,有问有答。

最后他挂上了听筒。

"怎么样?"内维尔急切地问道。

利奇面无表情地说:"你的存款余额还相当多,而银行负责你所有的投资,并且报告说形势都很不错。"

"这下你们知道我说的都是真话了吧！"

"看起来是这样——不过我还得说，斯特兰奇先生，你也可能有一些需要定期偿付的款项，或者债务，或者支付勒索金，各种需要用钱而我们并不知道的原因。"

"但是我没有！我向你们保证我没有！调查这类事情你们会一无所获的。"

巴特尔警司动了动他宽厚的肩膀，以慈父般的语气和蔼地开口说道："我担保你也同意，斯特兰奇先生，我们有充足的证据去申请逮捕令来逮捕你。但到现在为止，我们并没有这么做。你知道，我们是在给你做无罪推定。"

内维尔痛苦地说道："你是说，你们心里已经认定了是我干的，只不过你们想要找到动机，从而把这个不利于我的案子坐实，对吗？"

巴特尔默然无语。利奇抬眼看着天花板。

内维尔绝望地说道："这就像是场噩梦一样。我既不能说什么，也不能做什么。就好像……好像掉进一个陷阱里，无法逃脱。"

巴特尔警司打起了精神，他半睁半闭的眼睛里透出一道智慧的光芒。

"你说得太好了，"他说，"真是说得太好了。这让我有了一个想法……"

6

琼斯警长很巧妙地让内维尔从大厅离开，随后又从落地窗把凯带进屋来，从而避免了夫妇两人的碰面。

"不过他还是会见到所有其他的人。"利奇说道。

"那样更好,"巴特尔说,"只有这个人是我想要趁她还蒙在鼓里的时候去对付的。"

天阴沉沉的,冷风习习。凯穿着一条花呢裙和一件紫色毛衣,再往上看,她的头发就像是一个被擦得锃光瓦亮的铜碗。她半是害怕,半是兴奋。她的美貌和活力在书籍和鞍背椅这种黯淡无光的维多利亚式背景的衬托之下盛情绽放。

利奇不费吹灰之力就引导着她就前一晚的行踪做了解释说明。

她当时头疼,早早就上了床——她认为是在九点一刻左右。她睡得很沉,直到次日清晨被某个人的尖叫声吵醒。

巴特尔开始接手问话了。

"你丈夫在晚上出去之前就没进屋去看看你怎么样了吗?"

"没有。"

"从你离开客厅到第二天早上,你就没有见过他。对吗?"

凯点点头。

巴特尔轻轻摸了摸下巴。

"斯特兰奇太太,你和你丈夫房间之间的那道门是锁着的。是谁锁的?"

凯立刻答道:"我锁的。"

巴特尔一语不发。他在等待着,就像一只上了年纪的慈父般的老猫那样,等着老鼠从他紧盯着的洞口里钻出来。

他的沉默起到了提问都未必能达到的效果。凯不可遏制地爆发了。

"哦,我猜你们是非得打破砂锅问到底了!那个老朽的赫尔斯多肯定听到了我们俩在下午茶之前说的话,我要是不告诉你们的话他也会说的。很可能他已经跟你们说了吧。内维尔和我吵了一架——是大吵了一架！我对他大发雷霆！我上去睡觉并且把门锁上了，因为我还在气头上呢！"

"我明白——我明白，"巴特尔带着最大的同情心说道，"那么你们究竟是因为什么事情吵架呢？"

"这有什么要紧的吗？哦，我不介意告诉你。内维尔的表现就像个彻头彻尾的白痴，尽管这全是那个女人的错。"

"哪个女人？"

"他第一任老婆。打一开始就是她让他来这儿的。"

"你的意思是说——她是为了要见你？"

"正是。内维尔还以为这都是他自己的主意呢——这可怜的笨蛋！但其实根本不是。他压根儿就没想过这种事，直到有一天他在海德公园碰见了她，她想办法把这个点子塞到了他的脑袋瓜里，还使他相信这是他自己想出来的。他是真的以为那是他自己的主意，但我从一开始就看透了奥德丽那双精明的幕后黑手。"

"她为什么要做这种事？"巴特尔问道。

"因为她想要再次得到他。"凯说。她的语速很快，呼吸也跟着急促起来。"对于他移情别恋这件事她从来就没有原谅过他。这是她的报复。她让他安排我们都一起来这里，然后她就开始对他施展手腕了。自从我们到这儿起她就一直在干这件事。你们也知道，她很聪明，知道怎么摆出一副令人同情又难以捉摸的样子——没错，而且还知道怎么把另一个男人也拉进来。她把托马斯·罗伊德在同一时间也弄到这儿来，那是个对她一直都痴心不改的家伙，而她则装模作样打算嫁给他，借此把内维尔逼疯。"

她停了下来，气愤地喘着粗气。

巴特尔温和地说道："我本以为他会为她感到高兴呢——

呃……在一个老朋友那里又找到了幸福。"

"高兴？他都要嫉妒死了！"

"那他肯定非常喜欢她。"

"哦，他是喜欢她，"凯愤愤不平地说道，"她就是有意要这样的。"

巴特尔的手指仍在狐疑地摸着下巴颏。

"你本来可以拒绝这次来访的吧。"他提醒道。

"我怎么拒绝？那样看起来就好像我吃醋了似的！"

"嗯，"巴特尔说，"可说到底，你就是吃醋了，不是吗？"

凯顿时满脸通红。

"一直都是！我一直在吃奥德丽的醋。从最开始——或者说从差不多一开始的时候起就是。我老是觉得她就在我们家里，就仿佛那是她的房子而不是我的一样。我把家里的色彩搭配改了，也全都重新装修过了，但还是没有用！我感到她一直阴魂不散似的在那里飘来荡去。我知道内维尔也很担忧，因为他觉得他对她太过分了。他就是没法忘了她——她总在那儿，让他内心深处备受责难。你们知道吧，有些人就是这样。他们看起来平淡无奇、了然无趣，但就是能让别人感受到他们的存在。"

巴特尔若有所思地点点头。他说："好了，谢谢你，斯特兰奇太太。目前就先到这儿吧。我们不得不问了……呃……一大堆的问题。主要是因为你丈夫从特雷西利安夫人那儿继承了那么一大笔钱，得有五万英镑吧？"

"有那么多吗？我们是按照老马修爵士的遗嘱继承的，对吗？"

"你全都知道了？"

"哦，是啊。他遗嘱上说，财产在特雷西利安夫人死后分给内维尔和内维尔的太太。倒不是说那个老家伙死了我高兴。我并不高兴。我不怎么喜欢她——或许是因为她不喜欢我吧。不过一想到有贼溜进来把她的脑袋砸开了花,还是太恐怖了。"

说完她走了出去。巴特尔看着利奇。

"对她你有什么看法?我想说她是个漂亮货色。男人很容易就会被她迷得神魂颠倒的。"

利奇表示同意。

"但在我看来,她可算不上是个淑女。"他迟疑地说道。

"眼下她们都算不上了,"巴特尔说,"我们要不要见见女一号?算了,我想我们接下来还是叫奥尔丁小姐进来,了解一下旁观者是怎么看待这桩婚事的吧。"

玛丽·奥尔丁从容镇定地走进屋来,落了座。在平静的外表之下,她的眼神透出了一丝焦虑。

对于利奇的问题她回答得足够清晰,证实了内维尔关于昨晚的陈述。她上床去睡觉的时候大约是十点钟。

"那时斯特兰奇先生是跟特雷西利安夫人在一起吗?"

"是的,我能听见他们说话的声音。"

"说话,还是吵架,奥尔丁小姐?"

她的脸一阵泛红,但还是平静地回答道:"要知道,特雷西利安夫人喜欢讨论问题。她说的话听起来常常让人感到尖酸刻薄,但她其实真不是那样的人。此外,她有点儿盛气凌人、独断专行的倾向——这一点对于男人来说接受起来不像女人那么容易。"

或许是不像你那么容易吧。巴特尔心想。

他看着她那张聪慧的脸。最终还是她打破了沉默。

"我不想犯傻,不过在我看来这件事真的难以置信,你们会怀疑这栋房子里的某个人，这太难以置信了。为什么不会是外人干的呢？"

"有几个原因，奥尔丁小姐。首先，家里什么东西都没丢，门窗也没有被强行打开过的迹象。我用不着提醒你这幢房子以及周围庭院的地理位置，不过你要牢记于心。西面是直插海底的悬崖峭壁，往南有几个露台，外有围墙，下面就是大海，在东面，花园的斜坡向下倾斜几乎延伸到海岸边，但四周却有一道高墙围着。仅有的两条出去的路，其一是一道小门，能通到马路上，今天早上这道门是从里面闩上的，和平时一样；其二就是这栋房子的大门，直接冲着马路开。我并不是说没人能翻墙而入，也不是说他们不能拿着一把备用钥匙或者万能钥匙打开前门进来。但是我得说，在我看来没有人这么干。无论是谁犯下了这桩罪行，这个人都知道芭雷特每晚要喝番泻实，而且还在里面下了药——这也就意味着是这栋房子里的某个人干的。铁头球杆是从楼梯下的储物间里拿来的。这可不是外人干的啊，奥尔丁小姐。"

"不是内维尔！我确信不是内维尔干的！"

"你为什么如此确信？"

她绝望地举起了双手。

"就是因为那不像他——这就是为什么！他不会杀死一个躺在床上手无寸铁的老太太——内维尔不会的！"

"似乎是不大可能，"巴特尔通情达理地说道，"不过人们要是有个足够好的理由，那么他们干的事情会让你大吃一惊。斯特兰奇先生也许急需用钱呢。"

"我确信他不需要。他不是个挥霍无度的人——从来都不是。"

"没错，但他太太是啊。"

"凯？是啊，或许吧——但这也太荒唐了。我肯定内维尔近来要头疼的事情还轮不到钱呢。"

巴特尔警司咳嗽了一声。

"照我理解,他现在有其他的烦心事?"

"我猜凯告诉你了吧?是啊,那件事还真是挺棘手的。不过那也跟这桩可怕的案子丝毫无关。"

"或许没什么关系,但尽管如此,我还是愿意听听你对于那件私事的看法,奥尔丁小姐。"

玛丽慢吞吞地说道:"呃,就像我所说的,那件事造成了一种——困局。不管最开始是谁出的主意——"

巴特尔驾轻就熟地打断了她的话。

"据我所知那是内维尔·斯特兰奇先生的主意?"

"他说是。"

"但你本人不这么认为?"

"我……对……不知道为什么,我觉得这不像是内维尔的主意。自始至终我都有种感觉,觉得是其他什么人让他产生了这种想法。"

"也许是奥德丽·斯特兰奇太太?"

"要说奥德丽能干出这种事来似乎太不可思议了。"

"那还可能是谁呢?"

玛丽无可奈何地耸了耸肩。

"我也不知道。只是这件事太……蹊跷了。"

"蹊跷,"巴特尔若有所思地说,"这正是我对这件案子的感觉。很蹊跷。"

"每件事都很蹊跷。我有一种感觉——没法用语言描述。空气中弥漫着某种东西,危机四伏。"

"每个人都紧张不安,心烦意乱?"

"是的,就是那样……我们都备受折磨。就连拉蒂默先生都——"她住了口。

"我也正想到拉蒂默先生。关于拉蒂默先生,奥尔丁小姐,你能告诉我些什么呢?拉蒂默先生究竟是什么人?"

"唔,说真的,我对他了解得也不多。他是凯的一个朋友。"

"他是斯特兰奇太太的朋友。他们彼此认识很久了吧?"

"是的,她在结婚以前就认识他了。"

"斯特兰奇先生喜欢他吗?"

"我相信他还挺喜欢他的。"

"他们之间就没有什么——麻烦吗?"

巴特尔委婉地提出了这个问题。玛丽立即断然地回答道:"当然没有了!"

"那特雷西利安夫人喜欢拉蒂默先生吗?"

"不太喜欢。"

她冷淡的语气让巴特尔产生了一丝警惕,于是他转换了话题。

"嗯,那个女仆,简·芭雷特,她跟着特雷西利安夫人很长时间了吧?你觉得她可靠吗?"

"哦,绝对可靠。她对特雷西利安夫人可谓是全心全意。"

巴特尔向后靠回他的椅子里。

"事实上,你根本不会考虑这种可能性,那就是芭雷特先打了特雷西利安夫人的头,然后再给自己下药以便避开嫌疑吧?"

"当然不会。她到底为什么要这么干呢?"

"你也知道,她会得到一份遗产。"

"我也有份。"玛丽·奥尔丁说。

她冷静地看着他。

"没错,"巴特尔说,"你也有份。你知道有多少钱吗?"

"特里劳尼先生刚刚到。他告诉我了。"

"你之前并不知情?"

"不知道。特雷西利安夫人偶尔会漏些口风,所以我心里当然也会设想她要留给我些东西。你也知道,我自己的东西少得可怜。如果不找份工作做的话,连维持生活都不够。我想特雷西利安夫人会留给我每年至少一百英镑——但她还有些表亲,我完全不知道她打算怎么分配属于她的那些财产。当然了,我知道马修爵士的遗产是给内维尔和奥德丽的。"

"这么说,她并不知道特雷西利安夫人要留给她什么了,"玛丽·奥尔丁被打发走以后利奇说道,"至少她是这么说的。"

"嗯,她是这么说的,"巴特尔赞同道,"那现在该轮到蓝胡子的第一任太太了。"

7

奥德丽穿着一身浅灰色的法兰绒外套和裙子。在衣服的衬托之下,她的脸色看上去苍白得如鬼魅一般,让巴特尔不禁想起凯说过的话,"阴魂不散地在屋子里飘来荡去"。

她简单明了且不带一丝感情色彩地回答着他的问题。

是的,她十点钟就上床睡觉了,和奥尔丁小姐一样。一整夜她都没有听到任何动静。

"请你原谅,我要问一下你的私人问题。"巴特尔说,"能解释一下你怎么会在这栋房子里吗?"

"我一向是在这个时间段来这里住的。今年,我的……我的前夫也想在这段时间来，他还问我是否会介意。"

"是他提议的？"

"哦，是的。"

"不是你？"

"不是。"

"但你同意了？"

"是的，我同意了——我觉得我……没办法拒绝。"

"为什么呢，斯特兰奇太太？"

但她的回答含糊其辞。

"人都不喜欢太薄情寡义。"

"你不是受伤害的一方吗？"

"你说什么？"

"不是你要跟你丈夫离婚的吗？"

"是的。"

"那你……恕我直言——对他心存怨恨吗？"

"不，一点儿都没有。"

"你的秉性真是宽宏大量啊，斯特兰奇太太。"

她没有回应。他又试着沉默下来——但奥德丽不是凯，这种方法并不能促使她打开话匣子。她能够就那样保持沉默，显不出一丁点儿不自在。巴特尔承认自己败下阵来了。

"你确定那不是你的主意吗——我是指这次会面？"

"无比确定。"

"你跟现任的斯特兰奇太太关系很友好吗？"

"我觉得她不太喜欢我。"

"你喜欢她吗？"

"喜欢啊。我觉得她长得很漂亮。"

"嗯,谢谢你。我想要问的就这些了。"

她站起身来向门口走去。接着她犹豫了一下,又走了回来。

"我只是想说——"她不安而急速地说道,"你认为是内维尔干的,他为了钱杀了她。我万分确信不是这样的。内维尔从来都不那么在乎钱。我清楚这一点。你知道,我们两人结婚八年。我想象不出来他会为了钱去杀人——这个……这个……不会是内维尔做的事情。我也知道这么说作为证据来讲毫无价值,但我真心希望你能相信我。"

说完她转过身,匆匆离开了房间。

"对她你怎么看?"利奇问道,"我还从来没见过谁能这么……这么心如止水的呢。"

"她只是没表现出来,"巴特尔说,"但是她有情感。某种极其强烈的情感。而我也不知道那究竟是什么……"

8

最后进来的是托马斯·罗伊德。他坐在那儿,表情严肃而拘谨,眼睛偶尔眨一下,就像一只猫头鹰一样。

他从马来亚回家来——八年来还是头一遭。他还是个孩子的时候就已经习惯于待在海鸥角了。奥德丽·斯特兰奇太太是他的远房表妹,从九岁起由他的家人抚养长大。前一晚他上床睡觉的时候不到十一点。是的,他听见了内维尔·斯特兰奇离开屋子但并没有看见他。内维尔离开的时间大约是十点二十,或许再稍微晚一些。他自己整夜都没有听到什么声音。特雷西利安夫人的尸体被发现的时候他已经起床在花园里了。他是个早起的人。

一阵短暂的停顿。

"奥尔丁小姐告诉我们说,家里处于一种紧张的状态之中。你也注意到这一点了吗?"

"我没觉得。没太注意这些事。"

说谎,巴特尔心想,我敢担保你注意到的可多了——比大多数人注意到的还多。

不,他不认为内维尔·斯特兰奇在任何方面缺钱。他看起来当然不像是缺钱的样子。不过他对于斯特兰奇先生的私事知之甚少。

"你对于第二任斯特兰奇太太了解得多吗?"

"我来这儿之后才第一次遇见她。"

巴特尔打出了最后一张牌。

"罗伊德先生,你也许已经知道了,我们在凶器上发现了内维尔·斯特兰奇先生的指纹。而且我们还在他昨晚穿的外衣袖子上发现了血迹。"

他停顿了一下。罗伊德点点头。

"他告诉我们了。"他咕哝道。

"我坦率地问你吧:你觉得是他干的吗?"

托马斯·罗伊德向来都不喜欢被人催促。他沉默了足有一分钟,那是相当长的一段时间,然后才回答道:"我不明白你为什么要问我!这与我无关。是你们的事。要我说的话——非常不可能。"

"在你看来谁更有可能呢?"

托马斯摇摇头。

"我唯一想到有可能的人,实际上也不可能干这件事。所以就是这样了。"

"你想到的是谁?"

可罗伊德更坚决地摇了摇头。

"我不可能说出来。那只是我个人的想法。"

"协助警方是你的义务。"

"我会告诉你们一切事实。但这不是事实,只是一种想法。而且无论如何那也是不可能的。"

"我们从他那儿没掏出什么来。"罗伊德走后利奇说道。

巴特尔表示同意。

"是啊,我们没掏出什么。他自己心里有些想法——非常明确的想法。我想知道那究竟是什么。吉姆,我的孩子,这是一桩非比寻常的犯罪——"

还没等利奇答话,电话铃就响了。他拿起听筒来接电话。听了一两分钟之后他说了句"很好",然后就砰的一声挂上了听筒。

"衣袖上的血迹是人的,"他宣布道,"和特雷西利安夫人的血型相同。这下子看起来内维尔·斯特兰奇是跑不了了……"

巴特尔已经走到窗边,正怀着相当大的兴趣看着外面。

"外边有个漂亮的小伙子,"他说,"相当漂亮,而且我想他绝对不是个省油的灯。真可惜拉蒂默先生他——因为我觉得那就是拉蒂默先生——他昨晚在复活节海湾。他是那种会把亲奶奶的脑袋打烂的人,只要他觉得能够脱身,并且还能从中得到好处的话。"

"嗯,这件案子里可没他什么份儿,"利奇说道,"无论从哪个方面看,特雷西利安夫人的死对他都没什么好处。"电话铃声再次响起。"这该死的电话,这回又是什么事啊?"

他走过去接听。

"喂。哦,是你啊,医生。什么?她醒过来了,是吗?什么?什么?"

他转过头来,说:"舅舅,你来接一下吧。"

巴特尔走过来接起电话,一如既往面无表情地听着。然后他对利奇说:"吉姆,把内维尔·斯特兰奇找来。"

当内维尔走进来的时候,巴特尔刚好把话筒挂回原处。

内维尔看上去脸色苍白,疲惫不堪,他好奇地看着这位苏格兰场的警司,努力想要读懂那张木头面具一样的脸后面隐藏的心思。

"斯特兰奇先生,"巴特尔说,"你知道有谁非常讨厌你吗?"

内维尔瞪大了眼睛,摇了摇头。

"你确定?"巴特尔又追问了一句,"先生,我的意思是,你知道有谁都不仅仅是讨厌你……这个人——坦率地讲,是对你恨之入骨吗?"

内维尔坐得笔直。

"不。没有,当然没有。没有这种人。"

"想一想,斯特兰奇先生。你就从没有以任何方式伤害过别人吗?"

内维尔的脸红了。

"如果非要说的话,只有一个人是被我伤害过的,而她并不是那种会怀恨在心的人。那就是我的前妻,在我为了另一个女人而抛弃她的时候。但我可以跟你保证,她并不恨我。她……她简直就是个天使。"

警司俯身向前,越过桌子。

"我来告诉你吧,斯特兰奇先生,你是个非常走运的家伙。我不是说我喜欢这个对你不利的案子——我不喜欢。但再怎么说这都是桩案子!这案子本来已经铁证如山了,除非陪审团碰巧对你的人品青睐有加,否则你就得被绞死。"

"照你这么说,"内维尔说,"就好像这一切都过去了似的,对吗?"

"是过去了,"巴特尔说,"你已经得救了,斯特兰奇先生,纯粹靠运气。"

内维尔仍然用探询的眼光看着他。

"昨晚,就在你离开她之后,"巴特尔说,"特雷西利安夫人拉铃找了她的女仆。"

他看着内维尔在咀嚼这句话的含义。

"之后?那芭雷特看见她了?"

"没错,看见了。活着而且好好的。芭雷特还看见你离开了屋子,就在她走进女主人的房间之前。"

内维尔说:"但那根球杆——还有我的指纹——"

"她不是被那根铁头球杆打死的。当时拉曾比医生就不觉得球杆是凶器,这个我能看出来。她是被其他什么东西杀死的。那根铁头球杆是有意放在那里用来嫁祸于你的。也许是某个人偷听到了你们之间的争吵,于是就顺理成章地选你当了替罪羊,或者也可能是因为……"

他停顿了一下,接着重复了他的问题:"这栋房子里究竟有谁那么恨你,斯特兰奇先生?"

9

"我有个问题想请教,医生。"巴特尔说。

他们现在在医生家里,之前刚刚从护理院回来。在那里,他们对简·芭雷特进行了一次短暂的讯问。

芭雷特身体虚弱,疲惫不堪,不过她的陈述却是一清二楚。

特雷西利安夫人拉铃的时候,她刚好喝完她的番泻实正要上床。她当时看了一眼钟上的时间——十点二十五分。

披上睡袍下楼时,她听到下面的大厅里有动静,于是她越过楼梯扶手瞅了一眼。

"是内维尔先生准备出门。他正从挂衣钩上拿他的雨衣。"

"他身上穿着什么衣服?"

"他那身灰色细条纹的衣服。他脸上愁云密布,看上去闷闷不乐。他胡乱地把胳膊捅到雨衣袖子里,似乎并不在乎要穿成什么样。然后他就走了出去,砰的一声把门撞上了。我随后就进了老夫人的房间。可怜的老太太,她看起来昏昏欲睡,而且记不得她拉铃叫我要干什么了——她总是记不得,可怜的老夫人。我给她拍了拍枕头,又给她倒了杯水,把她安顿得舒舒服服的。"

"她没有看上去心烦意乱或者对什么事情担惊受怕吧?"

"只是累了而已。我自己也觉得很累,不停地打哈欠,等上楼以后很快就睡着了。"

这就是芭雷特的叙述,而且在得知女主人的死讯之后她表现出的那种由衷的悲哀与震惊似乎也让人无法怀疑。

他们回到了拉曾比的家,随后巴特尔就郑重宣布有个问题要问医生。

"问吧。"拉曾比说。

"你认为特雷西利安夫人是什么时候死的?"

"我告诉过你了,在十点到午夜之间。"

"我知道你是这么说的。不过这不是我问题的本意。我问的是你个人怎么认为?"

"私下说的,对吗?"

"没错。"

"好吧。让我猜的话应该在十一点左右。"

"这才是我想让你说的。"巴特尔说道。

"乐意效劳。为什么?"

"她是在十点二十之前被杀死的这种说法我一直都不同意。想想芭雷特吃下的安眠药吧,在那个时候应该还没起效呢。安眠药表明,这桩谋杀本来就是计划要在晚得多的时候实施的——也就是在夜里。我自己倾向于是在午夜时分。"

"有可能。十一点也只是一种猜测。"

"但是肯定不会晚于午夜了吧?"

"不会。"

"不可能是在两点半之后吧?"

"老天爷啊,不可能的。"

"嗯,那看起来斯特兰奇就平安脱罪了。不过我必须再调查一下他离开那栋屋子之后的行踪。如果他说了实话,那他就可以洗脱罪名,而我们也可以继续调查其他嫌疑人了。"

"其他那些继承了钱的人?"利奇提议道。

"或许吧,"巴特尔说,"不过不知道为什么,我并不这么想。我正在找的是个有怪癖的人。"

"怪癖?"

"一种令人不齿的怪癖。"

他们离开医生家以后去了渡口。渡口有一艘划艇,是由威尔和乔治·巴恩斯兄弟操控的。巴恩斯兄弟熟知盐溪这里的每个人以及从复活节海湾过来的大多数人的面孔。乔治不假思索就说出海鸥角的斯特兰奇先生是在前一天晚上十点半坐船到对岸的。

不，他并没有再把斯特兰奇先生带回来。从复活节海岬那边发出的最后一班渡船是一点半钟，而斯特兰奇先生并不在上面。

巴特尔问他是否认识拉蒂默先生。

"拉蒂默？拉蒂默？那个高大英俊的年轻绅士吗？从酒店到那边海鸥角去的那位？没错，我认得他。不过昨晚压根儿没看见他。他今天早上过来过，又坐上一班渡船回去了。"

他们乘上渡船，到了对岸的复活节海湾酒店。

在这里，他们找到了也是刚刚从对岸回来的拉蒂默先生。他是坐他们之前的那一班渡船回来的。

拉蒂默先生迫不及待地想要尽他所能提供协助。

"是的，内维尔那个老家伙昨晚来过。一副好像对什么事情很沮丧的模样。他告诉我他和老太太吵了一架。我听说他跟凯也闹别扭了，不过当然啦，这可不是他告诉我的。不管怎么说，他显得有点儿垂头丧气。有我陪着，他看上去破天荒地还挺高兴。"

"据我了解，他没能立刻找到你吧？"

拉蒂默连忙大声说道："我也不知道怎么回事。我就坐在休息厅里。斯特兰奇说他往里看了，可并没看见我，不过他当时的精力也不怎么集中。或许有可能是赶上我去花园里溜达了五分钟左右的缘故吧。我总是一有机会就出去溜达溜达。这家酒店里的气味太难闻。昨晚我在酒吧里就注意到了。下水道的问题，我觉得是！斯特兰奇也说起了这个！我们俩都闻到了。一股难闻的腐臭味儿。也有可能是台球室的地板下面有只死老鼠。"

"你们打了台球，在那之后呢？"

"哦，我们聊了会儿，又喝了一两杯。然后内维尔说：'啊，我错过渡船了。'于是我说我会把车开出来送他回去，我也正是这么做的。我们到那儿的时候大约是两点半。"

"那斯特兰奇先生整晚都和你在一起吗?"

"哦,是啊。你随便问任何人,他们都能告诉你。"

"谢谢你,拉蒂默先生。我们不得不如此周密地查证。"

当他们离开这个满面笑容、泰然自若的小伙子之后,利奇说道:"我们干吗要这么仔细地调查内维尔·斯特兰奇?"

巴特尔微微一笑。利奇恍然大悟。

"好家伙,你正在调查的实际上是另一个人。这才是你的打算。"

"说这些还为时尚早,"巴特尔说,"我目前只是确切地知道特德·拉蒂默先生昨晚在哪儿。这么说吧,我们知道从十一点一刻起到午夜之后,他和内维尔·斯特兰奇在一起。但在那之前,也就是斯特兰奇到达这里却找不到他的时候,他又在哪儿呢?"

两人继续不屈不挠地进行调查——对象包括酒吧服务员、侍者,还有电梯工。有人看见拉蒂默九点到十点之间在休息厅里。十点一刻的时候他在酒吧间。不过在那之后到十一点二十之间,他似乎很奇怪地销声匿迹了。紧接着就有个侍女声称拉蒂默先生"待在一间小写字间里,和贝多斯太太,也就是那个从北方来的胖胖的女士在一起"。

再追问她具体时间,她说她觉得大概是在十一点钟。

"这下完蛋了,"巴特尔沮丧地说道,"他在这里,确定无疑。他只是不想让人注意到他那个胖胖的,而且毫无疑问很有钱的女士朋友而已。这就迫使我们再回过头来看看其他那些人——仆人们、凯·斯特兰奇、奥德丽·斯特兰奇、玛丽·奥尔丁以及托马斯·罗伊德。他们中的一个杀害了老太太,但究竟是哪一个呢?假如我们能找到真正的凶器的话——"

他忽然停下来,然后猛拍了一下自己的大腿。

"知道了,吉姆,我的孩子!我现在明白是什么让我想起赫尔克里·波洛来了。我们吃口午饭,然后回海鸥角去,我要给你看点儿东西。"

10

玛丽·奥尔丁有点儿坐立不安。她在屋里屋外进进出出,把散在各处的死掉的大丽花叶球一一摘掉,然后回到客厅,毫无意义地改换着花瓶摆放的位置。

从书房里隐隐约约传出一阵低语声。特里劳尼先生和内维尔在那里。凯和奥德丽则踪迹皆无。

玛丽又走出去来到花园里。她看见托马斯·罗伊德正倚在墙根下平静地抽着烟。她向他走了过去。

"哦,天哪。"她在他旁边坐下,困惑不已地长叹一声。

"有什么要紧的吗?"托马斯问道。

玛丽笑了起来,笑声中带着一丝歇斯底里。

"除了你之外谁也不会这么说了。这屋子里发生了一桩谋杀案,而你还说'有什么要紧的吗'?"

托马斯看上去有些吃惊地说道:"我是问有什么新情况吗?"

"哦,我懂你的意思。要是别人也都像你这样悠然自得、若无其事的话,那可真是种莫大的解脱啊!"

"对什么事都那么心急火燎的也没多大用啊,对吗?"

"没错,没错。你是个非常理智的人。我真搞不懂你是怎么做到这一点的。"

"呃,我想因为我是个外人吧。"

"当然,这倒是实话。你没法体会到内维尔洗脱嫌疑时我们其他所有人那种如释重负的感觉。"

"当然了,我也很高兴他清白了。"罗伊德说。

玛丽打了个冷战。

"这件事实在太悬了。如果内维尔从她那儿离开以后,卡米拉没有心血来潮地拉铃叫芭雷特的话……"

她没再往下说。托马斯替她补上了后半句。

"那内维尔老兄可就在劫难逃了。"

他话里带着某种冷酷的满足感,而当遇上玛丽责备的目光时,他淡然一笑,摇了摇头。

"我真没那么没心没肺,不过现在内维尔已经没事了,想到他也受过一点点惊吓,我情不自禁就觉得高兴。他平时总是一副自命不凡的样子。"

"他真不是这样的,托马斯。"

"也许不是吧。我只是说他那种做派。不管怎么样,今天早上他看起来也吓得要死了!"

"你可真够残忍的!"

"无论如何,现在都没事了。知道吗,玛丽,就连在这件事上,内维尔都够福大命大的。要是其他哪个可怜虫碰上这么一大堆对他不利的证据,恐怕就没有这种好运了。"

玛丽又哆嗦了一下,说道:"别这么说。我希望无辜的人都能……受到保护。"

"你这么想吗,亲爱的?"他的声音很温和。

玛丽突然大声说道:"托马斯,我很担心。我担心得要命。"

"怎么了?"

"是有关特里夫斯先生的事。"

托马斯的烟斗掉到了石头上。他弯腰去捡的时候声音有些变化。

"关于特里夫斯先生的什么事?"

"那天晚上他在这儿——他讲的那个故事——关于一个小谋杀犯的!我一直都在纳闷,托马斯……这仅仅是个故事吗?还是说他是怀着某种目的才讲的呢?"

"你的意思是,"罗伊德不慌不忙地说道,"他是针对屋子里的某个人讲的?"

玛丽低声说:"是啊。"

托马斯平静地说道:"我也觉得纳闷呢。实际上你刚才过来的时候我正在想的就是这件事。"

玛丽半闭上眼睛。

"我刚刚还一直在努力回想……你知道,他那个故事讲得是那么处心积虑,几乎就是在谈话当中生拉硬拽进来的。而且他说他无论走到哪儿都能认出那个人。他强调了这一点,就好像他当时已经认出他来了一样。"

"嗯,"托马斯说,"所有这些事情我都从头到尾想过了。"

"但他为什么要这么做呢?用意何在啊?"

"我猜,"罗伊德说道,"这是一种警告。让那个人别想耍任何花招。"

"你是说特里夫斯先生那个时候就知道卡米拉要被人谋杀了?"

"嗯——不是。我觉得那有点儿太不切实际了。这可能只是一种泛泛的警告吧。"

"我刚才一直想弄明白的是,你觉得我们应该把这件事告诉警察吗?"

对于这个问题,托马斯又进行了一番深思熟虑。

"我想不用，"最终他说道，"我不觉得这件事和谋杀案有任何关系。这可跟特里夫斯先生还活着，并且什么都能告诉他们是两码事。"

"是不一样，"玛丽说，"他已经死了！"她突然一激灵，"这件事太古怪了，托马斯，我是说他死的那种方式。"

"心脏病发作。他的心脏状况很糟糕。"

"我是说电梯故障那件事太奇怪了。我觉得不对劲。"

"我也觉得不太对劲。"托马斯·罗伊德说。

11

巴特尔警司在卧室里环顾四周。床已经整理过了。除此之外，屋内没有什么变化。他们第一次来查看的时候这里就很整洁，现在依然很整洁。

"就是那个，"巴特尔警司一边说，一边指着老式的钢制壁炉围栏，"你看出那个围栏有什么奇怪的地方了吗？"

"肯定是擦过的，"吉姆·利奇说，"保养得很好。我看不出有什么奇怪的地方，除了——啊，左边这个球形把手比右边那个亮。"

"就是这个让我想起了赫尔克里·波洛，"巴特尔说，"你知道他看见东西不怎么对称的时候那种瞬时的反应吗——让他浑身上下都不自在。我猜我自己不知不觉就想到了'那个东西会让波洛老爹烦心的'，然后我就开始提起他。把你的指纹盒拿来，琼斯，我们要看看那两个把手。"

没一会儿工夫，琼斯就报告了检查结果。

"右边的把手上有指纹，长官，而左边的什么都没有。"

"那左边这个就是我们要找的了。另外那个上面的指纹是女仆在上一次擦拭的时候留下的。而左边这个被擦过两次。"

"这个废纸篓里有一块揉皱了的砂纸,"琼斯主动说道,"但我觉得这没什么意义。"

"那是因为你不明白你正在找什么。现在轻一点儿,我敢下任何赌注,赌这个球形把手被拧松了——嗯,我一猜就是这样。"

很快琼斯就拧下了那个球形把手。

"还挺沉的。"他一边在手里掂量着一边说道。

利奇俯身凑过来,说道:"有些黑色的东西——就在螺丝上。"

"有可能是血迹,"巴特尔说,"清理了把手本身,也擦过了,却没有注意到螺丝上的这一点点污迹。我敢打赌这个就是打烂了老太太脑袋的凶器。不过,我们还有的可找。看你的了,琼斯,再把房子搜查一遍。这回你该很清楚你要找什么了。"

他迅速地给了几个详细的指点,然后走到窗边,把头探了出去。

"有些黄色的东西塞在常春藤里。那有可能是另一块拼图。我觉得就是。"

12

正穿过大厅的时候,巴特尔警司被玛丽·奥尔丁拦住了。

"我能跟你谈一小会儿吗,警司?"

"当然可以,奥尔丁小姐。我们可以进这里谈吗?"

他打开了餐厅的门,午饭已经被赫尔斯多收拾干净了。

"我想问你件事,警司。你肯定不会还觉得这桩……这桩可怕的罪行是我们当中的某个人干的了吧?凶手肯定是从外面来的！是哪个疯子干的！"

"你说的可能也没错到哪儿去，奥尔丁小姐。如果我没搞错的话，疯子这个词用来形容这个罪犯太贴切了。但凶手不是外人。"

她的眼睛瞪得老大。

"你是说这栋房子里的某个人——发疯了？"

"你在想的是，"警司说道，"某个人翻着白眼，口吐白沫。而疯狂并非是这个样子。某些最危险的罪犯看上去就像你我一样心智正常。通常情况下，这是个具有一种强迫观念的问题。某种想法在心头困扰，逐渐让心灵扭曲。招人可怜又通情达理的人跑来找你，跟你诉说他们如何受到迫害，如何被所有的人暗中监视——而你呢，有时候就会觉得这些肯定都是真的。"

"我确定这里没有哪个人有一丝一毫受到迫害的想法。"

"我只是举个例子。疯狂还可以表现为其他形式。但我相信，无论是谁犯下了这桩罪行，都是被一种固执的想法所支配——这种想法让他们念念不忘，直到其他所有事情都变得无足轻重或者无关紧要。"

玛丽发起抖来。她说："有些事情我想你应该知道。"

她简明扼要地向他讲述了特里夫斯先生来访并吃了晚饭的事情，以及老先生讲的那个故事。巴特尔警司表现出了浓厚的兴趣。

"他说他能够认出这个人？顺便问一句，是男人还是女人？"

"我猜那个故事讲的是个男孩子，但说真的，特里夫斯先生并没有这么说过。实际上我现在想起来了，他明确声明过他不会说出任何关于性别或者年龄方面的细节。"

"他真这么说过？这件事或许还别有深意呢。那他有没有说过这个孩子身上有什么明确的特征，使他有把握在任何地方都能认出他来呢？"

"说过。"

"或许是一道疤——这里有谁身上有疤吗？"

他注意到玛丽·奥尔丁在回答之前稍微犹豫了一下。

"这个我没注意过。"

"好啦，奥尔丁小姐，"他微笑道，"你已经注意到什么了。果真如此的话，你不觉得我同样也能注意到吗？"

她摇摇头。

"我……我从来没注意过这类事情。"

但他却能看出她的震惊与苦恼。他的话很显然让她的脑海中浮现出了一连串令人不快的想法。他暗自希望能够知道那究竟是什么，不过他的经验使他意识到，此时此刻再对她施加压力也不会得到任何结果。

他把话题重新引回到特里夫斯老先生身上。

玛丽把那天晚上后来发生的悲惨结局也告诉了他。

巴特尔不厌其详地询问了她。随后他平静地说："这种事对我来说还是头一回。以前从来没有遇到过。"

"你这话是什么意思？"

"只靠简简单单在电梯上挂一块告示牌就实施了一桩谋杀，这种情况我还从来没有碰见过呢。"

她看上去被吓坏了。

"你不会真的觉得……"

"觉得那是桩谋杀案吗？那当然是谋杀案了！一次迅捷而且机智的谋杀。当然了，它也有成功不了的可能——但它的确成功了。"

"就因为特里夫斯先生他知道……"

"是的。因为他本来是能够把我们的注意力引到这屋子里某个特定的人身上的。看起来,我们从一开始就是在黑暗中摸索。不过现在已经见到了一丝曙光,每过一分钟,案情都会变得愈发清晰。我告诉你,奥尔丁小姐——这是一桩经过了事先周密的计划,连最微小的细节都不放过的谋杀案。而且我还想让你牢牢记住,千万不要让任何人知道你已经告诉过我那些你刚刚告诉我的事。这一点非常重要。记住,别告诉任何人。"

玛丽点点头。她看起来依旧一片茫然。

巴特尔警司走出了房间,继续去做他刚才被玛丽·奥尔丁拦住时正打算去做的事。他是个办事有条不紊的人。他想要得到某些消息,一条新出现并且看起来前景光明的线索,无论它有多么诱人,都不会妨碍他按部就班地履行自己的职责。

他轻轻敲了敲书房的门,听到里面内维尔·斯特兰奇说了声"进来"。

巴特尔被引见给了特里劳尼先生,他是个身材高大、相貌出众的男人,有一双敏锐的黑眼睛。

"如果我打扰了你们的话,非常抱歉,"巴特尔警司赔礼道,"不过有些事情我还没搞清楚。你,斯特兰奇先生,继承了已故马修爵士的一半遗产,那谁继承了另一半呢?"

内维尔一脸诧异。

"我告诉过你了,是我太太。"

"是的。不过——"巴特尔不以为然地咳嗽了一声,"是哪个太太呢,斯特兰奇先生?"

"哦,我懂了。没错,是我自己表达得太糟糕了。钱是归奥德丽的,这份遗嘱订立的时候她是我太太。是这样吗,特里劳尼先生？"

律师表示了赞同。

"遗嘱上写得相当清楚。遗产将分给马修爵士的被监护人内维尔·亨利·斯特兰奇，以及他的妻子奥德丽·伊丽莎白·斯特兰奇，娘家姓斯坦迪什。后来二人的离婚也不会对此有丝毫影响。"

"那就明白了，"巴特尔说，"想必奥德丽·斯特兰奇太太对于这些事实也完全清楚吧？"

"当然。"特里劳尼先生说。

"那现任的斯特兰奇太太呢？"

"凯？"内维尔看上去有点儿惊讶，"哦，我想她知道吧。我没怎么跟她谈过这个……"

"我想你会发现，"巴特尔说，"她误会了。她认为特雷西利安夫人一死，钱就归你和你现在的妻子了。至少，她今天早上对我说的话是让我这么理解的。这也是为什么我要来查清楚遗嘱真实状况的原因。"

"真让人意想不到啊，"内维尔说，"不过，我猜这种误会还是挺容易产生的吧。现在我想起来了，有一两次她曾经说过，'卡米拉一死那笔钱就是我们的了'，但我当时以为她只是把她自己和我会继承的那份钱联系在一起了呢。"

"是挺意想不到的，"巴特尔说，"就算两个人经常讨论同一件事，误会还是这么大——两个人各想各的，谁都没发现之间的分歧。"

"我想是吧。"内维尔说话的时候似乎提不起什么兴趣来，"不管怎么说，在这件案子里，这件事没那么要紧。又不是说我们有多缺钱。我很为奥德丽高兴。她手头一直都很拮据，这笔钱能帮她个大忙。"

巴特尔直言不讳地说："但是先生，离婚的时候她肯定有权利从你那儿得到一笔抚养费吧？"

内维尔的脸红了。他用克制的声音说道："有一种东西叫——尊严，警司。奥德丽始终拒绝接受我想要给她的抚养费，分文不取。"

"一笔很丰厚的抚养费，"特里劳尼先生插话道，"但是奥德丽·斯特兰奇太太总是退还回来，拒绝接受。"

"很有意思。"巴特尔说完就走了出去，没等任何人有机会问他这句评论究竟有什么含义。

他出来找到了他外甥。

"从表面上来看，"他说，"这桩案子里差不多每个人都有像模像样的谋财动机。内维尔·斯特兰奇和奥德丽·斯特兰奇两个人可以各得整整五万英镑。凯·斯特兰奇觉得她也有资格得到五万镑。玛丽·奥尔丁能得到一份收入，使她不必再辛辛苦苦讨生活。托马斯·罗伊德，我不得不说，什么也没得到。但是我们可以把赫尔斯多包括进来，甚至就连芭雷特也不例外，假如我们承认她为了逃避嫌疑甘愿冒让自己送命的风险的话。是的，如我所言，我们一点儿都不缺少跟钱有关的动机。然而，如果我想的没错，钱跟这桩谋杀案根本就扯不上半点儿关系。假如说真的有纯粹因恨杀人这种事的话，这桩案子就是。而如果没有人来从中作梗，我就准备把凶手捉拿归案了！"

13

安格斯·麦克沃特坐在复活节海湾酒店的露台之上，目光越过河面,凝望着对岸高耸险峻的斯塔克岬。

此刻,他正致力于对自己思绪与情感的细心盘点之中。

他也不知道究竟是什么原因驱使他来到此地,度过最后的几天闲暇时光。但还是有种力量把他吸引到了这里。或许是出于一种检验自己的愿望——看一看他内心之中是否还残留着既往曾有的绝望。

莫娜?他现在已经很少会在意她了。她嫁给了另一个男人。有一天他在街上与她擦肩而过,心中也没有荡起一丝涟漪。他还能记起当她抛下他的时候那种悲伤和痛苦,但这些如今都已成为过去,消失得无影无踪了。

一条湿漉漉的小狗,伴随着一阵狂怒的呼喊声把他从思绪中拉了回来,那是他新交的朋友,十三岁的黛安娜·布林顿小姐在叫喊。

"哦,给我滚开,唐。快滚得远远的。你也太恶心了吧?它在海滩上打滚的时候说不定滚到死鱼或者什么东西上面了呢。你隔着老远就能闻到它身上那股臭味儿。你知道,那死鱼真是臭得要命!"

麦克沃特的鼻子也闻到这股味儿了。

"就在一个岩石缝里,"布林顿小姐说,"我把它带到海里,想给它洗洗干净,不过看起来似乎没什么用。"

麦克沃特对此表示同意。而唐,这只性情温顺可爱的硬毛小猎犬,因为看到它的朋友斩钉截铁地要和它保持距离而显出一副很受伤的样子。

"用海水洗不行,"麦克沃特说道,"热水和肥皂才是唯一的办法。"

"我知道。不过在酒店里要这些可没那么容易。我们又没有私人浴室。"

最终麦克沃特和黛安娜牵着唐，偷偷摸摸地从边门进了酒店，又偷偷摸摸地把它带到了麦克沃特的浴室，在那儿给它彻底清洗了一番，还弄得麦克沃特和黛安娜浑身都湿透了。全洗干净之后唐显得很悲伤。又是这种难闻的肥皂味儿——它可是刚刚才找到一种能让其他狗狗都羡慕的气味啊。唉，人类总是一样的，对于气味根本就没有像样的辨别能力。

这个小插曲让麦克沃特的心情愉快了一些。他坐上公交车前往索廷顿，去取一套他留在那里清洗的衣服。

负责这家二十四小时干洗店的女孩一脸茫然地看着他。

"你是说叫麦克沃特？恐怕还没洗好。"

"应该洗好了。"他们向他保证昨天就可以弄好取走那套衣服的，现在已经过了四十八小时而非二十四小时了，换成个女人的话肯定会这么说。麦克沃特只是把脸沉了下来。

"还没到时间。"女孩冷淡地一笑，说道。

"胡扯。"

女孩收起了笑容，突然之间失去了冷静，

"不管怎么样，就是还没弄好。"她说。

"弄成什么样我都拿走。"麦克沃特说。

"还什么都没弄呢。"女孩警告他。

"我要取走。"

"我想我们明天应该就能洗好了——作为特殊照顾。"

"我不习惯要求特殊照顾。麻烦你把衣服给我就好了。"

女孩没好气地甩给他一个眼神之后进了里屋。她回来的时候带着一个胡乱包起来的包裹，一把推过了柜台。

麦克沃特拿起包裹，走出店门。

很荒唐的是，他觉得自己仿佛打了一场胜仗。而实际上，这仅仅意味着他不得不把衣服再送到其他地方去清洗！

回到酒店之后，他把包裹扔到床上，恼怒地看着它。或许他可以在酒店里把衣服擦一擦再熨一下。那件衣服原本看起来真的不算太糟糕——没准儿实际上它并不需要清洗呢？

他打开包裹一看，顿时火冒三丈。那家二十四小时干洗店真是无能得让人无话可说。这根本不是他的衣服，甚至连颜色都不一样。他留给他们清洗的是一件深蓝色的衣服。一帮成事不足败事有余的糊涂蛋。

他生气地瞅了一眼标签。名字写的是麦克沃特没错。难道有另一个麦克沃特？还是说哪个笨蛋把标签搞错了？

他烦恼地低头看着这堆皱皱巴巴的衣服，突然抽了抽鼻子。

毫无疑问，他熟悉这种气味——一股极其难闻的气味……不知怎地让他联想到一只小狗。没错，就是这种气味。黛安娜和她的狗。绝对就是那股臭鱼味！

他俯下身子检查这套衣服。就在这儿，外套的肩膀上有一片褪了色的痕迹。就在肩膀上……

麦克沃特心想，这件事可真是太稀奇古怪了……

无论如何，明天他都准备去找那个二十四小时干洗店的女孩，当面说上几句难听的话。这简直是驴唇不对马嘴！

14

吃过晚饭以后，他信步走出酒店，沿着路往渡口的方向走去。这是个晴朗的夜晚，但是有些冷，明显带有一种冬季将至的意味。夏天已经过去了。

麦克沃特乘上去往盐溪那边的渡船。这是他第二次重访斯塔克岬。这个地方对他有一种魔力，使他着迷。他缓步走上山坡，经过巴尔莫勒尔宅邸，接着是一幢坐落于悬崖顶端的大房子。海鸥角——他看到刷着漆的大门上写着这个名字。当然啦，这就是那个老太太被谋杀了的地方。酒店里已经有很多人在议论这件事，帮他打扫房间的女服务员则非要给他讲讲来龙去脉，连报纸也把这桩案子摆在了显眼的地方，这些让麦克沃特不胜其烦，他更愿意读些世界上发生的大事，而对于罪案兴趣不大。

他继续往前走，再次走下山坡，沿着一小片沙滩前行，绕过几间经过现代化改造过的老式渔舍。然后又爬上山坡，直到大路的尽头渐渐延伸为通往斯塔克岬的小径。

斯塔克岬阴森可怖，令人生畏。麦克沃特站在悬崖边缘，向下看着海面。那天晚上，他也是站在这里。他试图重温当时的一些感受——绝望，愤怒，消沉厌世，渴望逃离这一切。但他什么也没能重温起来，所有的感受都已经消失殆尽，取而代之的是一种冷冷的愤怒。被那棵树挂住，被海岸警卫队救下，在医院里被他们像对待一个淘气的孩子一般大惊小怪，一连串的侮辱和冒犯。为什么他们就不能不去管他？他宁可，一千次地宁可，脱离这一切。如今他依然有这种感觉。唯一失去的是必要的动力。

那时候他一想到莫娜是多么痛心疾首啊！现在他可以很平静地想起她了。她一直都挺傻的。任何人只要对她阿谀奉承或者投其所好，都能很轻易地让她乖乖上钩。她很漂亮。是的，非常漂亮——但没有头脑，并不是他曾经梦寐以求的那种女人。

不过当然，美女就是如此。这时一幅想象中的画面隐约浮现出来，一个女人飞过夜空，一袭白衣在她身后随风飘曳——有点像在船头用作装饰的雕像，只是没那么坚固，远远没有那么坚固……

紧接着，在电光石火之间，不可思议的事情发生了！夜色之中，一个人影飞奔而来。她时隐时现——一个白色的身影在奔跑，狂奔，向着悬崖边缘而来。这个美丽而绝望的身影，被身后穷追不舍的复仇女神驱向灭亡！她带着极度的绝望奔跑着——他知道那种绝望。他知道那意味着什么……

他从阴影中猛冲出来，就在她即将越过悬崖边缘的那一刻抓住了她！

他厉声说道："不，你不要——"

抓着她就像抓着一只小鸟。她挣扎着——无声地挣扎着，然后，又一次如同小鸟那样，突然跟死了似的，一动不动了。

他急切地说道："别跳下去！不管为了什么都不值得。任何事情。哪怕你遭遇了天大的不幸……"

她发出了一点声响。或许那只是一声来自远方的鬼魅般的笑声。

他厉声说道："你并不是遇到了不幸？那这是为了什么？"

她立即用低如耳语般的声音轻声回答道："害怕。"

"害怕？"他闻言大吃一惊，不由得放开了她，退后一步以便能看清楚她。

接着他就意识到她的话是真的。是恐惧使她的脚步变得如此急迫，是恐惧使她聪颖白皙的小脸变得茫然而迟钝。因为恐惧，就连分得很开的双眼也圆睁起来。

他疑惑地说道："你在害怕什么？"

她回答的声音太低了，低到他几乎听不见。

"我害怕被绞死……"

没错，她就是这么说的。他久久地凝视着，目光从她身上渐渐移到悬崖边缘。

"就因为这个?"

"对。还不如死个痛快——"她闭上眼睛,浑身颤抖,战栗不停。

麦克沃特把事情在心里捋了一遍才看出些端倪。

他最后说道:"是特雷西利安夫人?那个被谋杀了的老太太?"接着,他以责备的口吻说道,"你是斯特兰奇太太——第一任斯特兰奇太太。"

她点点头,依然不住地颤抖着。

麦克沃特以谨慎的口气继续慢慢说着话,同时试图回忆起他听到的所有事情。事实中夹杂着传言。

"他们扣押了你的丈夫,对不对?有一大堆证据对他不利,然后他们又发现这些证据都是某个人假造出来陷害他的……"

他停下来看着她。她不再颤抖了,只是站在那里,也同样看着他,就像个温顺的孩子。他发现她的样子楚楚动人,让人难以自持。

他又继续说道:"我明白了……没错,我明白是怎么回事了。他为了另一个女人离开了你,对不对?而你还爱着他……这就是为什么……"他突然打住了,接着又说道,"我理解。我妻子也是为了另一个男人离开了我……"

她甩开双臂,开始拼命结结巴巴地说起来,语气中充满绝望。

"这……这不……不是……像……像你说的那样。根本就不……不是——"

他打断了她的话,口气威严而不容置疑。

"回家去。你再也不用害怕了。你听明白了吗?我会确保你不被绞死的！"

15

玛丽·奥尔丁躺在客厅的沙发上。她感到头疼，整个人都疲惫不堪。

聆讯已于昨日开始进行，法官经过对正式证词的确认之后，宣布休庭一周。

特雷西利安夫人的葬礼将于次日举行。奥德丽和凯坐车到索廷顿去买些丧服，特德·拉蒂默和她们一起去了。内维尔和罗伊德出去散步，所以除了仆人之外，屋子里只有玛丽一个人。

巴特尔警司和利奇督察今天都不在这里，而这也是一种解脱。对玛丽而言，他们两个人不在，使得笼罩在头顶的乌云都随之消散了。事实上，他们彬彬有礼，和蔼可亲，只是无休无止的问题、不动声色的试探以及事无巨细的筛查对人的神经简直是一种严酷的折磨。到现在为止，那个长着一张木雕脸的警司肯定已经对过去十天里这里发生的每一件事、人们说的每一句话，甚至做的每一个手势都了如指掌了。

如今，他们一走，这里又重归平静。玛丽让自己放松下来。她要忘掉所有事情——忘掉一切。只想要躺下来，休息休息。

"对不起，小姐……"

说话的是赫尔斯多，他站在门口，满脸歉意。

"怎么了，赫尔斯多？"

"有位先生想要见您。我已经把他带到书房去了。"

玛丽惊讶地看着他，带着几分恼怒。

"什么人啊？"

"他说他是麦克沃特先生,小姐。"

"我从来没听说过这个人。"

"是的,小姐。"

"他肯定是个记者。你就不该让他进来,赫尔斯多。"

赫尔斯多咳嗽了一声。

"我觉得他不是记者,小姐。我想他是奥德丽小姐的朋友。"

"哦,那就是另一回事了。"

玛丽一边捋着头发,一边迈着慵懒的步伐穿过大厅,走进小书房。当那个站在窗边的高个子男人转过身来的时候,她不知为什么感到有点吃惊。因为他怎么看都不像是奥德丽的朋友。

但她还是很客气地说道:"很抱歉,斯特兰奇太太出去了。你想要见她?"

他若有所思地看着她。

"你是奥尔丁小姐吧?"他说。

"是的。"

"想必你也一样能帮助我。我想要找些绳子。"

"绳子?"玛丽有些诧异地问道。

"没错,绳子。你们有可能把绳子放在什么地方呢?"

事后回想,玛丽觉得她当时肯定是处于一种半催眠的状态之中。如果这个奇怪的男子主动给出任何解释的话,她或许都会抵挡一阵。但是安格斯·麦克沃特实在想不出什么说得过去的理由,于是他非常明智地决定索性开门见山。他只不过直截了当地说出了他想要的东西,她就发现自己晕晕乎乎地带着他去找绳子了。

"什么样的绳子?"她问道。

而他回答说:"什么样的绳子都可以。"

她举棋不定地说道:"也许在花园的工具棚里——"

"那我们去那儿好吗?"

她在前面带路。在那里,他们找到一些麻线和一小段细绳子,但麦克沃特摇了摇头。

他想要找绳子——一捆够粗的绳子。

"还有储藏室。"玛丽犹豫着说道。

"好啊,或许就在那儿。"

他们进屋上楼。玛丽推开了储藏室的门。麦克沃特站在门口向里张望,然后难以理解地发出一声心满意足的叹息。

"就是这个。"他说。

就在门里面的一个大箱子上放着一大捆绳子,旁边是老旧的渔具和一些被虫子蛀过的垫子。他把一只手放在她的胳膊上,推着玛丽走上前去,直到来到绳子跟前,他们一起低头看着它。他摸了摸绳子,说道:"我想让你记住这个,奥尔丁小姐。你会发现这旁边的所有东西都落满了灰尘。而这条绳子一尘不染。摸摸它。"

"摸起来有点儿湿。"她的语气中满是惊讶。

"就是这样。"

他转身准备出去。

"那这绳子怎么办?我以为你想要它呢?"玛丽诧异地说。

麦克沃特微微一笑。

"我只是想知道它在这儿。仅此而已。或许你不介意把这扇门锁上,奥尔丁小姐,再把钥匙拔下来吧?好的。如果你能把钥匙交给巴特尔警司或是利奇督察的话,我将不胜感激。交给他们保管是最好不过的了。"

下楼的时候,玛丽努力让自己重整旗鼓。

他们一回到大厅，玛丽就提出了异议。

"但说真的，我一点儿都不明白。"

麦克沃特不为所动地说道："你并不需要弄明白，"他抓起她的手，诚恳地摇了摇，"你这么配合，我实在是感激不尽啊。"

随后他便径直走出了前门，留下玛丽在那里纳闷她究竟是不是在做梦！

没一会儿工夫，内维尔和托马斯就从外面进来了，之后不久，车也开回来了，看到凯和特德还能那么兴高采烈，玛丽发现自己心里有些嫉妒。他们在一起又笑又闹，但她心想，说到底，这又有何不可呢？对凯而言，卡米拉·特雷西利安什么都不是。发生惨剧的这段日子对于一个开朗活泼的年轻人来说太难熬了。

警察到来的时候他们刚刚吃完午饭。赫尔斯多宣布巴特尔警司和利奇督察在客厅的时候，他的声音听上去就像是被吓到了。

巴特尔警司和颜悦色地与他们打着招呼。

"希望我没有打扰你们大家，"他语带歉意地说，"但是有一两件事我想要弄清楚。比如说，这只手套是谁的？"

他掏出一只小巧的黄色麂皮手套。

他对奥德丽说道："是你的吗，斯特兰奇太太？"

她摇了摇头。

"不……不，不是我的。"

"奥尔丁小姐呢？"

"我觉得不是。我没有这种颜色的。"

"我看看可以吗？"凯伸出手来，"不是。"

"或许你可以戴上试试。"

凯试了一下，但是手套太小了。

"奥尔丁小姐？"

轮到玛丽试了。

"对你来说也太小了。"巴特尔说,他又转回到奥德丽那里,"我想你会发现这手套你戴着正合适。你的手比这里其他女士的手都要小。"

奥德丽从他手里接过手套,轻而易举地戴在了右手上。

内维尔·斯特兰奇愤愤地说道:"她已经告诉过你了,巴特尔,那不是她的手套。"

"啊哈,"巴特尔说,"也没准儿她搞错了呢。要不就是忘记了。"

奥德丽说:"也可能是我的吧——手套长得都差不多,不是吗?"

巴特尔说:"反正这只手套是在你的窗子外面找到的,斯特兰奇太太,它被使劲儿塞在了下面的常春藤里——和另一只一起。"

一阵静默。奥德丽张了张嘴想说什么,接着就又闭上了。在警司坚定的注视之下,她的眼睛垂了下去。

内维尔跳上前来。"听我说,警司——"

"或许我们可以和你私下里谈谈吧,斯特兰奇先生?"巴特尔正色道。

"当然了,警司。到书房来吧。"

他在前面带路,两位警官尾随其后。

书房门一关上,内维尔就厉声说道:"说什么手套是在我太太的窗外捡到的,这种荒唐的说法究竟是怎么回事儿?"

巴特尔平静地说:"斯特兰奇先生,我们在这栋房子里找到了一些非常奇怪的东西。"

内维尔眉头紧蹙。

"奇怪？你说的奇怪是什么意思？"

"我来让你看看。"

巴特尔一点头示意，利奇就离开了书房，回来的时候带着一件怪模怪样的工具。

巴特尔说："先生，你也看到了，这玩意儿的这部分是从维多利亚式壁炉围栏上卸下来的钢球——一个沉甸甸的钢球。而这是一把头被锯掉了的网球拍，钢球就拧在这个球拍的把手上。"他停顿了一下，"我想，毫无疑问，这就是用来杀死特雷西利安夫人的家伙。"

"太吓人了！"内维尔说着不由得颤抖了一下，"不过，你们是在哪儿找到这个……这个可怕的玩意儿的？"

"这个钢球被擦干净以后又安回了壁炉围栏。然而凶手大意了，没擦它的螺纹。我们在那上面发现了一点点血迹。同样地，把手和球拍头用手术时用的胶布重新粘在了一起。接着，球拍被随手扔在了楼梯下的储物间里，和那么多其他物品混放在一起，如果我们不是碰巧在找这种东西的话，它很可能就会一直在那儿，被我们视而不见了。"

"你们真聪明，警司。"

"只是例行公事罢了。"

"我猜，上面没有指纹吧？"

"根据它的重量，我想这把球拍大概是属于凯·斯特兰奇太太的，她用过你也用过，你们俩的指纹都在上面。不过有确定无疑的迹象表明，在你们用过之后，有人戴着手套拿过它。上面只有一个指纹——我想，是粗心大意留下的。指纹是在用来把球拍重新粘好的手术胶布上找到的。现在我还不打算说是谁留下的，因为我有其他的几件事要先提一提。"

巴特尔停顿了一下,接着说道:"我想让你做好接受打击的思想准备,斯特兰奇先生。而首先我要问你些事情。你就那么肯定这次聚会是你自己的主意,而不是奥德丽·斯特兰奇太太向你建议的吗?"

"奥德丽没做过这种事。奥德丽她——"

说话之间门开了,托马斯·罗伊德走了进来。

"抱歉打扰你们了,"他说,"不过我觉得我也要加入。"

内维尔扭脸看着他,一脸厌烦。

"老兄,你能先回避一下吗?我们正在进行私人谈话。"

"恐怕我顾不了那么多了。你瞧,我在外面听到了一个名字,"他顿了一下,"奥德丽的名字。"

"奥德丽的名字跟你又有什么关系?"内维尔的火气上来了。

"哦,要这么说的话,她的名字跟你又有什么关系呢?尽管我还没有跟奥德丽明说,但我来这里就是打算请她嫁给我的,而且我认为她也知道这件事。不管怎么说,我就是想娶她。"

巴特尔警司咳嗽了几声。内维尔猛地转向他。

"对不起,警司。他这么打断我们——"

巴特尔说:"我倒无所谓,斯特兰奇先生。我还有个问题要问你。谋杀案发生的那天晚上,你吃晚饭时穿的那件深蓝色外衣的领子里面和肩膀上怎么会有一些金色的头发呢?你知道是怎么弄上去的吗?"

"我想那是我的头发。"

"哦,不是的,那些不是你的头发,先生。那是一位女士的头发,而且在袖子上还有一根红色的头发。"

"我想那是我太太的——凯的头发。你刚刚提到的其他那些,是奥德丽的吧。很可能是。我想起来了,有一天晚上在外面的露台上，我的袖扣缠上了她的头发。"

"那样说的话，"利奇督察小声嘟囔道，"金发就应该在袖口上。"

"你到底想暗示什么？"内维尔叫道。

"在外衣的领子里面，还有一点点粉末的痕迹，"巴特尔说，"那是普丽马维拉的天然一号——一种价格昂贵又极其好闻的香粉。斯特兰奇先生，你可别告诉我那是你用的，因为你说了我也不信。而斯特兰奇太太用的是兰花太阳之吻。奥德丽·斯特兰奇太太用的才是普丽马维拉的天然一号。"

"你在暗示什么？"内维尔又问道。

巴特尔倾身向前。

"我是在暗示——奥德丽·斯特兰奇太太在某个场合下穿过那件外衣。这也是会在衣服上发现头发和香粉唯一合理的解释。而你刚才也看到了我拿给你们的手套吧？那毫无疑问是她的手套。那只是右手的，左手的在这儿。"说着他从口袋里掏出了手套放在桌上。手套皱皱巴巴的，上面有一些深褐色的污迹。

内维尔用带着恐惧的声音问道："那上面是什么？"

"是血，斯特兰奇先生，"巴特尔不容辩驳地说道，"而且你也注意到了，这只是左手的。奥德丽·斯特兰奇太太是个左撇子。我一看见她的时候就注意到了，那时她坐在早餐桌旁，咖啡杯端在右手上，左手拿着烟。而她写字桌上的笔盘也被挪到了左手边。这就都能对上号了。她壁炉围栏上的球形把手，她窗外的手套，还有外衣上的头发和香粉。特雷西利安夫人被人打中的地方是右侧太阳穴，但是床摆放的位置又让人不可能站在它的左边。由此可以推断出，如果用右手给特雷西利安夫人脑袋来一下的话是极其别扭的——但对于一个左撇子来说可就是再自然不过的事情了……"

内维尔轻蔑地笑了笑。

"你是在暗示说奥德丽……奥德丽会为了要得到那个与她相识多年的老太太的钱,就处心积虑地做好这一切准备,并且要了她的命吗?"

巴特尔摇了摇头。

"我暗示的完全不是这个意思。很抱歉,斯特兰奇先生,非得让你弄明白这到底是怎么回事儿不可了。这桩案子自始至终所指向的人都是你。自从你弃她而去的那一刻起,奥德丽·斯特兰奇就一直耿耿于怀,伺机报复。最终她的心态失衡了。或许她的心理从来就没有强大过。没准儿她想过要杀掉你,不过那还不够。她最后考虑要陷你于谋杀之名,让你上绞架。她选择在她知道你刚刚和特雷西利安夫人发生了争执的那天晚上下手。她从你的卧室里拿走了你的外衣,穿着它打倒了老夫人,这样一来衣服就会溅上血迹。她知道我们会在你那根铁头球杆上发现你的指纹,于是就把血迹和头发抹到球杆头上,然后放在地板上。是她向你灌输了那个想法,就是让你专挑她在这里的时候也来这里。而只有一件事她没有预料到,也正是这件事救了你一命——特雷西利安夫人拉过铃找芭雷特,而芭雷特看见你离开了这栋房子。"

内维尔刚才一直把脸埋在双手之中,此时他说道:"这不是真的。这不是真的!奥德丽对我从来没有过恨意。你把整件事都搞错了。她是个最最坦诚、最最真挚的人了——她的内心不会有一丝歹念的。"

巴特尔叹了口气。

"我不是来这儿和你争辩的,斯特兰奇先生。我只是想让你做好准备。我会向斯特兰奇太太提出警告,让她跟我走。我已经得到了拘捕令。你最好考虑一下给她请个律师。"

"这太荒唐了。简直是荒谬绝伦。"

"爱变成恨比你想象的要简单得多,斯特兰奇先生。"

"我告诉你完全搞错了——荒唐透顶。"

托马斯·罗伊德插话了。他的声音听上去平静而友善。

"别老再说这件事很荒唐了,内维尔。你镇静一些。你还不明白对你来说现在要想帮助奥德丽,唯一能做的就是放下你那套骑士精神,把事实真相说出来吗?"

"事实真相?你是说——"

"我是说关于奥德丽和艾德里安的真相。"罗伊德说着转向了两位警官,"知道吗,警司,你把事实搞错了。内维尔并没有离开奥德丽,而是奥德丽离开了他。她和我弟弟艾德里安私奔了。后来艾德里安在一起车祸中丧了命。内维尔对奥德丽表现出了无与伦比的骑士风度。他安排好让奥德丽跟自己离婚,由他去承受别人的责备。"

"我不想让她名誉扫地,"内维尔闷闷不乐地低声说道,"我不知道还有别人知道这件事。"

"艾德里安写下来告诉我了,就在出事之前。"托马斯一语点破,然后接着说道,"你还不明白吗,警司,这样一来你所说的动机就不成立了!奥德丽没有道理去恨内维尔。恰恰相反,她有一万个理由对他心存感激。他还试图让她接受一份抚养费,只是她一直都不肯接受。所以很自然地,当他想让她到这儿来并且见见凯的时候,她觉得她没法拒绝。"

"你看,"内维尔急不可耐地插嘴说道,"这就使得她没有动机了。托马斯说得对。"

巴特尔那张木雕脸仍然不为所动。

"动机只是一方面,"他说,"关于这点我也有可能搞错了。不过事实则是另一回事。所有的事实都表明她有罪。"

内维尔意味深长地说:"就在两天前,所有的事实都还表明是我有罪呢!"

巴特尔显得有一点点吃惊。

"你说得也没错。不过我们就来看看你想让我相信些什么吧,斯特兰奇先生。你想要让我相信有某个人痛恨你们两个人——一旦指向你的计划落空了,这个人还有第二手棋,就是把矛头指向奥德丽·斯特兰奇。那么现在你能不能想一想,斯特兰奇先生,有什么人既恨你又恨你前妻吗?"

内维尔再一次把脸埋进了手掌里。

"听你这么一说,这件事简直太荒诞离奇了!"

"因为它本来就荒诞离奇。我不得不遵从事实。现在我要问问斯特兰奇太太是否有什么要解释的——"

"我不是解释过了吗?"内维尔问道。

"没用的,斯特兰奇先生。我得履行我的职责。"

巴特尔猝然起身。他和利奇先离开了房间。内维尔和罗伊德紧跟在他们后面。

他们穿过大厅来到客厅,在那里停下了脚步。

奥德丽·斯特兰奇站起身,迎着他们走上前来。她直直地看着巴特尔,双唇微启,就像是挂着一抹微笑。

她极其轻柔地说道:"你要找我,对吗?"

巴特尔变得非常正式起来。

"斯特兰奇太太,我手里有张拘捕令,我将以在九月十二日星期一谋杀卡米拉·特雷西利安的罪名逮捕你。我必须提醒你,你所说的任何一句话都将被记录在案,并且可能被用作呈堂证供。"

奥德丽叹了口气。她那张轮廓清晰的小脸平静而纯真,有如一幅浮雕。

"这几乎是种解脱了。我真高兴这一切都——结束了!"

内维尔冲上前来。

"奥德丽——什么都别说——不要开口。"

她冲他莞尔一笑。

"可是为什么不说呢,内维尔?都是事实啊——我太累了。"

利奇深吸一口气。好吧,就是这样了。当然,这一切简直太疯狂,不过这样一来倒也省去了很多烦恼。他心里有些纳闷舅舅是怎么回事儿。那老伙计看上去就跟见了鬼似的,直勾勾地盯着那个精神错乱的女人,仿佛无法相信自己的眼睛。哦,算了吧,这是件有趣的案子,利奇惬意地想道。

然后就是一个几乎有些怪诞而令人扫兴的结局,赫尔斯多打开客厅的门宣布道:"麦克沃特先生来了。"

麦克沃特大踏步走进屋里,他目标明确地直奔巴特尔而来。"你是负责特雷西利安案件的警官吗?"他问道。

"我是。"

"我有很重要的话要说。我很抱歉没有早点过来,星期一晚上我碰巧看到了一些事情,只不过这些事情的重要性我也是刚刚才弄明白。"他迅速环顾了一下屋子,"我能找个地方跟你说吗?"

巴尔特转向利奇。

"你和斯特兰奇太太一起待在这儿好吗?"

利奇一本正经地说道:"是,长官。"

接着他俯身向前,对着巴特尔耳语了几句。

巴特尔转向麦克沃特:"来这边。"

他带路走进了书房。

"那么,这一切又是怎么回事儿?我的同事告诉我说他以前见过你,去年冬天吧?"

"一点儿没错,"麦克沃特说,"企图自杀。那是我故事的一部分。"

"继续讲,麦克沃特先生。"

"今年一月我曾经试图从斯塔克岬上跳下去自杀。而此刻我又一时兴起想要故地重游。星期一晚上我走到了那上面,还在那儿站了一会儿。我先是看着下方的海面以及对岸的复活节海湾,然后我往左手边看了看。换句话说,我向这栋房子的方向看了过来。在月光之下,我可以看得一清二楚。"

"是啊。"

"直到今天我才意识到那正是谋杀案发生的当晚。"

他倾身向前。"我要告诉你我看到了什么。"

16

巴特尔回到客厅的时候其实真的只是过了五分钟而已,但对于留在那里的人来说这段时间就显得漫长多了。

凯的情绪突然失控了,她冲着奥德丽大喊大叫。

"我就知道是你。我一直都知道是你。我就知道你打算要干点儿什么——"

玛丽·奥尔丁旋即说道:"别再说了,凯。"

内维尔怒斥道:"看在老天爷的分上,闭嘴吧,凯。"

凯开始哭泣起来,特德·拉蒂默走到她的身边。

"控制一下自己的情绪。"他和蔼亲切地说道。

随后他气冲冲地对内维尔说："你看起来并没有意识到凯一直处在重重压力之下吧！为什么你就不能照顾她一点儿呢，斯特兰奇？"

"我没事。"凯说。

"我真恨不得，"特德说，"把你带走，离这帮人远远的！"

利奇督察清了清嗓子。他很清楚，每每到这种时候，就会有人站出来说上一大堆不走脑子的话。不幸的是，这些话在事后还偏偏会被人不嫌麻烦地牢牢记住。

巴特尔回到屋里，脸上不带一丝表情。

他说："你能去收拾几件东西吗，斯特兰奇太太？恐怕利奇督察必须要跟你一起上楼去。"

玛丽·奥尔丁说："我也去。"

当两个女人和督察一起离开房间之后，内维尔急切地问道："呃，那个家伙想要干什么？"

巴特尔慢条斯理地说："麦克沃特先生讲了一个非常离奇的故事。"

"对奥德丽有帮助吗？你还是下定决心要逮捕她？"

"我已经告诉过你了，斯特兰奇先生。我必须履行我的职责。"

内维尔转过头去，一脸的急切消失殆尽。

他说："我想，我最好给特里劳尼打个电话。"

"现在还不用着急干这个，斯特兰奇先生。鉴于麦克沃特先生的证词，我想先做个试验。在那之前，我要先确保斯特兰奇太太离开。"

奥德丽正走下楼来，利奇督察陪在她身边。她的脸上依然是那副超然而镇静的表情，显得遥不可及。

内维尔向她走了过去，双臂张开。

"奥德丽——"

她用了无生气的眼神扫了他一眼，说道："没什么了不起的，内维尔。我不在意。我什么都不在意。"

托马斯·罗伊德站在前门旁边，几乎就像是要挡住去路一般。

她的唇上泛过一抹淡淡的微笑。

"忠实的托马斯。"她悄声道。

他有些含混不清地说道："如果有什么我能做的——"

"谁也做不了什么。"奥德丽说。

她昂首走了出去。一辆警车等在外面，琼斯警长坐在车里。奥德丽和利奇上了车。

特德·拉蒂默赞赏地低声说道："多么动人的退场啊！"

内维尔怒气冲冲地转向他。巴特尔警司这个大块头马上身手敏捷地站到了两人之间，息事宁人地说道："如我所言，我还有个试验要做呢。麦克沃特先生正在渡口那边等着。我们要在十分钟之内赶到他那里。我们要乘汽艇出去，所以女士们最好穿暖和点儿。十分钟之内，请抓紧时间。"

他可能能当好一个舞台监督，指挥一个剧团登台表演。而至于他们茫然无措的表情，他压根儿就置之脑后了。

零点时刻

1

水面上很冷,凯把身上穿着的那件小毛皮夹克又裹紧了一些。

小艇突突地顺流而下,经过海鸥角下面之后,转向进入了将其与面目狰狞的斯塔克岬分隔开的小海湾。

有那么一两次有人想开口问问题,但每一次巴特尔警司都会举起一只大手,暗示说时机未到,那副样子就像个蹩脚的演员。因此除了他们身边湍急的水声之外,所有人都默不作声。凯和特德站在一起低头看着水面。内维尔一屁股坐下来,两腿伸开。玛丽·奥尔丁和托马斯·罗伊德坐在船头。大家都时不时好奇地瞟上一眼在船尾的麦克沃特那高大而孤独的身影。他谁都不看,只是背冲着他们站在那里。

直到他们被笼罩在斯塔克岬的森森阴影之下,巴特尔才关小了发动机,开始说话。他说话的时候神态自若,口气中能听出他的深思熟虑。

"这是一桩非常离奇的案子——可以说是我所知道的最离奇的案件之一了,而我想先概括地谈一谈谋杀这个话题。我打算说的话并非我自己的独到见解,事实上我也是偶然从皇家律师丹尼尔斯先生那里听来的,他说过这类的话,而假如说他也是从别人那里听来的,我一点儿都不会意外——他很精于此道!

"话是这么说的!当你读到一份谋杀案的报告,或者说一本以谋杀为题材的小说的时候,你通常从一开始就会看到谋杀案本身。但这就完全搞错了。谋杀其实是在那之前很长时间就已经开始了。一场谋杀,是由很多各不相同的事件在某一特定时间汇集于某一特定地点而达到的最高潮。人们因为各种偶然的原因被从四面八方召集而来,牵扯其中。罗伊德先生是从马来亚到这儿来的。麦克沃特先生来这里则是因为他曾经在此地试图自杀,这次想要旧地重游。而谋杀本身是故事的结局,是零点时刻。"

他停顿了一下。

"现在就是零点时刻。"

五张脸转向他——只有五张,因为麦克沃特并没有转过头来。五张困惑不解的脸。

玛丽·奥尔丁说:"你是说特雷西利安夫人的死是一长串事件发展到最后的高潮吗?"

"不,奥尔丁小姐,不是特雷西利安夫人的死。特雷西利安夫人的死只是凶手瞄准的主要目标之外的一个插曲。我正在说的谋杀是指对奥德丽·斯特兰奇的谋杀。"

他听着那倒抽一口冷气的声音。突然之间,他想知道是不是某人感到害怕了……

"这桩罪行是相当长时间以前就计划好了的,或许能追溯到去年冬天。它策划周密,已经细致到了最小的细节。它有一个目标,也只有这一个目标:让奥德丽的脖子上套上绞索,直到她断气为止……

"这个狡猾的计划是某个自认为非常聪明的人精心策划的。杀人凶手通常都很自负。这个人首先安排一些不利于内维尔·斯特兰奇的表面上的证据,这些证据并不能让人满意,而我们也定然能够识破。但在看过这一大堆伪造的证据之后,估计我们应该不大可能会想到凶手会故伎重演了。然而,如果你们来看一下的话,就会发现所有不利于奥德丽·斯特兰奇的证据其实也都有可能是伪造的。从她房间里壁炉围栏上取下的凶器,她的手套——左手那只还沾上了血迹——就藏在她窗外的常春藤里。她用的香粉撒在外衣领子的内侧,同时那儿还有几根头发。她的指纹,出现在从她房间里拿到的一卷胶布上是再自然不过的事情。甚至还包括那致命的一击是由一个左撇子干的这一点。

"最后还有个最确凿的证据,就是斯特兰奇太太她自己——我相信这儿没有谁,除了那个知道真相的人,在看到我们逮捕她时她的表现之后还能相信她是无辜的。实际上她已经承认自己有罪了,不是吗?要不是因为我有一点个人经验的话,我大概也不会相信她的清白……当我看着她,听着她说话的时候,突然之间就想起了什么——因为你瞧,我认识另外一个女孩,她做过跟这极其相似的事情,她也是在自己明明无罪的情况下却认了罪——而奥德丽·斯特兰奇看着我的眼神就跟那个女孩看我的眼神一模一样……

"我不得不履行我的职责,这一点我清楚。我们警察必须要根据证据办事——而不是依照我们的感觉和想法。但我可以告诉你们,在那一刻,我祈求会有奇迹降临,因为我不知道除了奇迹之外还有什么能够帮得上那位可怜的女士。

"好吧,我盼来了我的奇迹。说来就来了!

"就在这个时候,麦克沃特先生带着他的故事出现了。"

他顿了一下。

"麦克沃特先生,你愿意把在屋子里告诉我的事情再重复一遍吗?"

麦克沃特转回身来。他的话言简意赅，也正因如此才更有说服力。

他讲述了今年一月份他是如何被从悬崖上救下来，以及此番想要故地重游的愿望。接着他继续说道："星期一晚上我又去到那儿。我站在那里，沉浸在自己的思绪之中。我想，那时候肯定是在十一点钟左右。我看向海湾对岸的房子——现在我知道了那就是海鸥角。"

他停了一下，然后继续说下去。

"从那栋房子的一扇窗户垂下来一条绳子，直到海里。我看到一个男人正顺着绳子往上爬……"

过了那么一小会儿，他们才反应过来。玛丽·奥尔丁大叫道："那么到头来还是个外来人干的喽？跟我们中的任何人都毫不相干。就是个一般的夜贼啊！"

"别那么着急下结论，"巴特尔说，"这是某个从河对岸过来的人，没错，因为他是游过来的。但是屋子里的人必须得把绳子替他准备好，因此屋子里肯定有某个人跟案子有牵连。"

他继续慢条斯理地说道："而且我们知道有个人那天晚上在河对岸——某个在十点半到十一点一刻之间没人看见过、并且很可能在那期间游了个来回的人。某个很可能在河这边有个朋友的人。"

他又补了一句："是吗，拉蒂默先生？"

特德后退了一步。他高声尖叫道："可我不会游泳啊！所有人都知道我不会游泳。凯，告诉他们我是不会游泳的。"

"特德当然不会游泳啦！"凯说。

"是这样吗？"巴特尔和蔼可亲地问道。

他沿着小艇的一边走过去，与此同时特德则向着另一个方向挪动起来。一阵手忙脚乱之后只听得扑通一声。

"天哪,"巴特尔警司深表关切地说道,"拉蒂默先生落水啦。"

说话间,他的手就像一只大钳子一样死死抓着内维尔的胳膊,而后者正准备下水救人。

"不用,不用,斯特兰奇先生。你没必要把自己浑身弄得湿漉漉的。这附近就有两个我的人——在那边的小船上钓鱼呢。"他从船的一边看过去。"千真万确,"他兴味盎然地说道,"他不会游泳。没关系。他们已经把他救起来了。我马上就去跟他道歉,不过说真的,要想核实一个人到底会不会游泳只有一种方法,那就是把他扔到水里看看。你瞧,斯特兰奇先生,我喜欢严谨仔细一些。我必须先排除拉蒂默先生。而罗伊德先生的一只胳膊有毛病,他根本爬不了绳子。"

巴特尔的嗓音开始变得轻柔起来。

"这就让我们想到你了,不是吗,斯特兰奇先生?一个运动高手,一个登山家,一个游泳健将,诸如此类的吧。你乘十点半的渡船到对岸去不假,但在十一点一刻之前,复活节海湾酒店里没人敢确定地说见过你,尽管你自己说那段时间你正在找拉蒂默先生。"

内维尔猛地挣脱他的胳膊,仰头大笑起来。

"你是在暗示说是我从河对岸游过来,又顺着绳子爬上去?"

"那是你事先备好的、从自己窗户里垂下来的绳子。"巴特尔说。

"我杀了特雷西利安夫人,然后再游回去?我为什么要干这种不着调的事?又是谁布下了那些不利于我的线索?我猜是我在陷害我自己吧?"

"正是如此,"巴特尔说,"而且这一招还真不赖呢。"

"那我又凭什么想要杀了卡米拉·特雷西利安?"

"你没想要杀她,"巴特尔说,"不过你的确想要让那个为了另一个男人而甩了你的女人上绞架。知道吗,你的心智有点儿错乱。打从你还是个孩子起就是这样了。顺便提一句,我查了一下那件关于弓箭的老案子。只要让你受了伤害,任何人都得受到惩处,而在你看来,死亡对于他们来说都算不上是一种过分的惩罚。光是死对奥德丽而言已经不够了。你的奥德丽,你所爱的人——哦,没错,在你由爱生恨之前你的的确确是爱她的。你不得不想出某种特别的死法,某种旷日持久的特殊死法。而当你想好了办法,就算需要为此去杀死一个一直以来待你如母亲的女人你也毫不在意……"

内维尔声音相当温和地说道:"一派谎言!一派谎言!而我也没疯。我没疯。"

巴特尔鄙夷地说:"她戳到你的痛处了,不是吗,当她和另一个男人私奔而甩了你的时候?伤了你的虚荣心!尤其一想到是她抛弃了你。你假装成是你甩了她,还让所有人都知道,以此来安抚一下你的自尊心,然后又和另一个爱上你的女孩结了婚,仅仅是为了给你这种说法加以佐证。然而背地里你却在盘算着怎么报复奥德丽。你想不出比这更恶毒的主意了——那就是送她上绞架。是个好主意,只可惜你没本事把它实施得更好些!"

穿着粗花呢大衣的内维尔肩膀扭动了一下,姿势很是奇怪。

巴特尔继续说道:"幼稚极了,所有那些像铁头球杆之类的把戏!那一系列指向你的拙劣的线索!奥德丽肯定一直都知道你想要干什么!她一定在暗自发笑!还以为我没有怀疑你呢!你们这些杀人凶手都是些跳梁小丑!太自以为是了。总觉得自己聪明过人，足智多谋，而实际上却是幼稚得可怜……"

内维尔发出了一声怪异至极的尖叫。

"那是个绝妙的主意——那就是。要不是半路杀出那个苏格兰蠢货，自命不凡地横插一杠子的话，你们永远都猜不到。永远！我事先想好了每一个细节——每一个！中间出了差错我也没办法。我怎么会知道罗伊德了解奥德丽和艾德里安那件事的真相？奥德丽和艾德里安……该死的奥德丽，她就该被绞死，你们非得把她绞死不可——我要让她在恐惧中死去——去死吧——去死吧……我恨她。我告诉你们我就是要让她去死……"

高调的嘶吼逐渐平息。内维尔跌坐下来，开始无声饮泣。

"哦，天哪。"玛丽·奥尔丁说。她连嘴唇都已经发白了。

巴特尔低声温和地说道："我很抱歉，但我不得不让他抓狂——要知道，证据实在是太少了。"

内维尔还在啜泣，那声音就像个孩子。

"我想让她被绞死。我真的想让她被绞死……"

玛丽·奥尔丁不由得战栗起来，她转向托马斯·罗伊德。

他握住了她的手。

2

"我一直都提心吊胆的。"奥德丽说。

他们正坐在露台之上。奥德丽紧挨着巴特尔警司。巴特尔重又开始了他的假期，此刻他是以朋友身份造访海鸥角的。

"一直提心吊胆——无时无刻。"奥德丽说。

巴特尔点点头，说道："我第一眼见到你的时候就知道你害怕得要命。你那副不苟言笑、了无生气的样子，我在其他压抑了某种强烈情感的人身上也见过。或许非爱即恨吧，但实际上那是恐惧，不是吗？"

她点了点头。

"我们结婚以后没多久我就开始害怕内维尔了。不过你知道吗，最糟糕的是我并不清楚究竟是为了什么。于是我以为是我发疯了。"

"发疯的不是你。"巴特尔说。

"我嫁给内维尔的时候他在我眼里特别理智，正常得没法再正常了——总是那么一副好脾气，和蔼可亲，招人喜欢。"

"有意思，"巴特尔说道，"你要知道，他扮演的是一个优秀运动员的角色。这也是为什么他能够在网球比赛中把自己的情绪控制得那么好。对他来说，一名优秀运动员的角色可比赢得比赛更重要。但是当然了，这也让他承受了不少压力；扮演角色总是这样的。他的内心也因此变得越来越坏。"

"内心深处，"奥德丽身子哆嗦了一下，低声说道，"一直都埋在心底深藏不露。让人什么都看不透。只是有时会有一句话或者一个眼神，然后我就以为都是我自己在臆测——有些地方不对劲。后来呢，如我所言，我觉得肯定是我自己哪儿不对劲了。而且我渐渐变得越来越害怕——你知道吗，是那种莫名的恐惧，令人毛骨悚然！

"我跟自己说我快要疯了，但我也无能为力。我觉得我可以不惜一切代价逃离！接着艾德里安就来了，他告诉我他爱我，我想要是能跟他走可真是太好了，而他说……"

她停了下来。

"你知道发生了什么吗？我离开家去赴艾德里安的约，但他一直没来，他被杀害了，不知为什么我就是觉得仿佛那是内维尔一手策划的。"

"或许真的是他呢。"巴特尔说。

奥德丽扭过头来看着他,一脸错愕。

"哦,你真这么认为?"

"如今我们再也无从得知了。车祸其实是可以安排的。不过斯特兰奇太太,也别对这个想法太念念不忘了。很可能它就是自然发生的呢。"

"我……我整个人都崩溃了。我返回了教区长的住所——那是艾德里安的家。我们俩正打算给他母亲写封信呢,不过既然她并不知道我们的事,我想就别告诉她让她徒增痛苦了。而内维尔几乎是马上就来了。他简直太好了——宽厚仁慈——而我一直在对他讲恐惧让我有多难受!他说不用让任何人知道艾德里安的事,他会给我一些证据,我可以在此基础上跟他离婚,在那之后他会再婚。我心中感激不尽。我知道他一直觉得凯很妩媚动人,我也希望一切都会好起来,而这样我就可以摆脱掉自己这种稀奇古怪的执念了。我依然觉得肯定是我自己不对劲。

"但我还是有点儿——无法摆脱。我从未觉得自己真正逃离过。后来有一天,我在海德公园里遇见了内维尔,他说他真的很想让我和凯成为朋友,并且提议我们可以在九月份的时候一起来这里。我无法拒绝,怎么可能拒绝呢?在他做了所有那些体贴入微的事情之后。"

"请君入瓮。"巴特尔评论道。

奥德丽不由得一激灵。

"是啊,正是这样……"

"在这件事情上他非常聪明,"巴特尔说,"对每个人都大声申明那是他的主意,这样大家反倒会立刻产生一种实际上不是这么回事儿的印象。"

奥德丽说:"然后我就来到这儿,就像是一场噩梦一样。我知道有什么可怕的事情即将发生,我也知道是内维尔存心要让它发生的,而且这件事将要发生在我身上。但我却不清楚究竟会是什么事。你知道吗,我觉得我真的快要疯掉了!我都被吓傻了,寸步难行。就仿佛你做梦梦见有什么事要发生,而你却动弹不得一样……"

"我还一直觉得,"巴特尔警司说,"我会愿意看到一条蛇把一只鸟震慑得飞都飞不起来了呢。不过现在我不那么确定了。"

奥德丽继续说道:"甚至到了特雷西利安夫人死于非命的时候,我还是没有意识到那意味着什么。我很困惑。我甚至没有怀疑过内维尔。我知道他并不在乎钱——说他会为了继承五万英镑就把她杀死实在是有些荒唐离谱。

"关于特里夫斯先生以及那天晚上他讲的那个故事,我是一而再再而三地想了很多。就算这样,我也没把它跟内维尔联系在一起。特里夫斯提到过某种身体上的特征,凭借这个他就能认出很久以前的那个孩子。我的耳朵那儿倒是有块伤疤,可我没觉得其他任何一个人身上有什么能够引起别人注意的标记啊。"

巴特尔说:"奥尔丁小姐有一缕白发。托马斯·罗伊德有只胳膊是僵的,这可不一定仅仅是地震留下来的结果。特德·拉蒂默先生脑袋的形状有点儿怪。而内维尔·斯特兰奇……"他停顿了一下。

"内维尔身上肯定没有什么独特之处吧?"

"哦,不,他有。他左手的小手指比右手的短。这一点非常与众不同,斯特兰奇太太……真的是非常与众不同。"

"如此说来这就是那个特征?"

"这就是。"

"那么是内维尔把那个告示牌挂在了电梯上？"

"是的。趁着罗伊德和拉蒂默跟老爷子喝酒的时候，他迅速地打了个往返。既聪明又简单，我怀疑我们可能永远都证明不了那是一桩谋杀。"

奥德丽又打了个冷战。

"好了，好了，"巴特尔说，"现在这一切都过去了，亲爱的。接着说下去吧。"

"你太聪明了……我已经有很多年没说过这么多话了！"

"不！这正是症结所在。你是从什么时候开始逐渐看穿内维尔大师耍的把戏的？"

"确切的我也不太清楚。应该算是恍然大悟吧。他自己已经洗清了嫌疑，而剩下的是我们其他所有人。然后突然之间，我发现他在看着我，那是一种幸灾乐祸的眼神。接着我就知道了！也就是在那个时候……"

她猛然间停了下来。

"那个时候如何？"

奥德丽缓缓地说道："那个时候我想快刀斩乱麻是……最好的。"

巴特尔警司摇摇头。

"永不屈服。这是我的座右铭。"

"哦，你说得很对。不过你不知道处于担惊受怕的状态下那么久对我来说意味着什么。它让人变得麻痹。你没法思考，没法计划，你只能干等着某些可怕的事情降临。然后，当它果然降临之时……"她的脸上突然掠过一丝微笑，"你会很吃惊地发现解脱了！再也不用等待了，再也不用害怕了——它已经来了。我猜如果我告诉你，当你以谋杀的罪名来逮捕我的时候我丝毫都不在意的话，你大概会觉得我是精神错乱了。内维尔已经把坏事做绝了，一切都结束了。当我跟着利奇督察一起离开的时候感觉是那么安全。"

"在一定程度上，这也是我们那么做的原因，"巴特尔说，"我想让你脱离那个疯子的魔爪。除此之外，如果我要打垮他，也要指望这种反转带来的打击。按照他的想法，他已经亲眼看着他的计划得逞了，所以这种震惊的效果会更加明显。"

奥德丽低声说道："如果他没有崩溃的话还会有什么证据吗？"

"不太多。有麦克沃特先生关于在月色之下看到一个男人顺着绳子往上爬的故事。盘起来放在顶楼上的那根绳子可以证实他的故事，而且它还有点儿湿。你知道，那天晚上下雨了。"

他停顿了一下，仔细地盯着奥德丽，仿佛在盼着她说点儿什么。

见她只是一副感兴趣的样子，他继续说道："还有那件细条纹的衣服。当然，他是在复活节海湾那边的岩岬上摸黑脱下来的，然后他把衣服硬塞进旁边的一个岩洞里。结果碰巧衣服下面有几条被潮水冲上来的腐烂了的死鱼，这使得衣服肩膀上沾上了一块污迹，还散发着臭味儿。我在询问的时候发现有些人说起酒店的下水道出了毛病，其实就是内维尔自己散布出去的说法。尽管他在外套外面罩了件雨衣，但那股味道还是四处弥漫。后来他也开始害怕这件衣服会给他惹来麻烦，于是一逮着机会就把它送到干洗店去了。不过他很傻，没有报上自己的真名，而是信口说了个别的名字，实际上那是他在酒店登记簿上看到的。这就是为什么那件衣服会跑到你朋友的手上，而他脑子很聪明，把这件事和顺着绳子往上爬的男子联系到了一起。你走路可能会踩到臭鱼，但你不会拿自己的肩膀去蹭它，除非你在晚上脱掉了衣服去游泳，而没人会在一个潮湿的九月的晚上去下海游泳。他把整件事情都串在了一起。麦克沃特先生，他是个非常聪明的人。"

"何止是聪明啊。"奥德丽说。

"嗯哼，或许吧。想要了解他的情况吗？我可以给你讲一些他过去的经历。"

奥德丽聚精会神地听着。巴特尔发现她是个很好的倾听者。

她说："我欠他很多——还有你。"

"别觉得欠我很多，"巴特尔警司说，"要不是我犯傻，我本该看出那个铃的意义的。"

"铃？什么铃？"

"特雷西利安夫人房间里的那个铃。我一直都觉得那个铃有哪里不对劲。当我从顶层走楼梯下来的时候，我看见你们用来开窗户的一根杆子，那个时候我就几乎想到了。

"明白了吧，这就是那个铃的全部意义——给内维尔·斯特兰奇一个不在场的证明。特雷西利安夫人不记得她拉铃是要干什么了——她当然记不得，因为她压根儿就没拉过铃！内维尔在过道里用那根长杆子从外面拉响了那个铃，而铃绳是沿着天花板行走的。于是芭雷特走下来，目睹了斯特兰奇先生下楼并且出门，然后又看见特雷西利安夫人还活得好好的。关于女仆的事通篇都透着疑点。对于一桩即将在午夜之前实施的谋杀来说给她下药能有什么好处呢？十有八九那时候她还没睡安稳呢。但这样就能让谋杀看起来是内部人所为，而且还能给内维尔一点儿时间去扮演首要嫌疑人的角色。接着芭雷特一开口说话，内维尔就可以成功地洗脱嫌疑，也就再没有人去仔细盘问他到达酒店的确切时间了。我们知道他没有乘渡船回来，也没有别的船被用过。这样就只剩下游泳的可能性了。他是个强健的游泳高手，不过尽管如此，时间肯定也非常紧张。他爬上了事先留好的从他卧室垂下来的绳子，就像我们所注意到的那样，在房间的地板上留下了一大摊水。不过我很抱歉地说，我们当时没能参透它的意义。然后他换上那身蓝色的外衣和裤子，径直来到特雷西利安夫人的房间，我们就不再细说这一段了，那用不了几分钟的时间，他事先已经准备好了那个钢球。之后他回房间，脱掉衣服，收起绳子，返回复活节海岬。"

"要是凯闯进来怎么办？"

"我敢打赌，她也被下了一点儿药。根据他们告诉我的，她从吃晚饭的时候起就在打哈欠。此外，他还有意跟她吵了一架，这样她就会把她的门锁上，从而不会碍他的事了。"

"我在努力回想我是否注意到壁炉围栏上的那个球不见了。我觉得我没有。他是什么时候把它放回去的？"

"第二天早上趁大家都乱作一团的时候。他坐着特德·拉蒂默的汽车一回来，就有了一整夜的时间去清理自己留下的痕迹，布置现场，修理网球拍之类的。顺便提一句，你知道吗，袭击老夫人他用的是反手。这也是为什么这桩罪案显得像是左撇子所为。记住，反手一直都是斯特兰奇的强项！"

"不要——不要——"奥德丽举起双手，"我再也听不下去了。"

他向她微微一笑。

"尽管这样，把所有话都说明白还是对你有好处的。斯特兰奇太太，我能冒昧地给你些忠告吗？"

"好啊，请说吧。"

"你和一个疯狂的罪犯一起生活了八年,这足以让任何女人的神经崩溃。不过你现在必须从这种消极的情绪中振作起来了。你不需要再害怕什么,你必须让自己意识到这一点。"

奥德丽冲他莞尔一笑。那种冷若冰霜的表情已经从她的脸上褪去了;这是一张甜美、有些羞怯却又充满信任的脸,两只分得很开的眼睛里充满了感激之情。

她迟疑了一下,说道:"你告诉其他人说有个女孩——说这个女孩表现得和我如出一辙?"

巴特尔缓缓地点了点头。

"是我的女儿,"他说,"所以你瞧,亲爱的,那个奇迹必须得降临。这些事情就是用来教导我们的啊!"

3

安格斯·麦克沃特正在打点行装。

他小心翼翼地往衣箱里放了三件衬衫,随后是那件他没忘记从干洗店取回来的深蓝色外衣。两位不同的麦克沃特留下了两件外衣,这可让打理干洗店的那个女孩有点儿吃不消了。

这时响起了轻轻的敲门声,他喊了句"进来"。

奥德丽·斯特兰奇走了进来。她说:"我是来感谢你的——你在收拾行李吗?"

"是的。我今晚要离开这里。后天坐船启程。"

"去南美?"

"去智利。"

"我来帮你收拾。"

他表示了异议,但最终还是拗不过她。她收拾起来驾轻就熟，有条不紊，他就在一边看着她。

"好了。"收拾完毕之后她说。

"你干得真不错。"麦克沃特说。

两人陷入一阵沉默。接着奥德丽说道："你救了我一命。要是你没有碰巧看到你所看到的那个情景……"

她突然停了下来。

随后她又说道："那天晚上在悬崖上你是立刻就意识到了吗，当你……你把我拦住，不让我过去，当你说'回家去，我会确保你不被绞死'的时候，你是不是当时就意识到你已经掌握了某些重要证据呢？"

"也不完全是，"麦克沃特说，"我必须要仔细想想。"

"那你怎么能说出……你说过的那些话呢？"

每当他不得不向别人解释他那极度单纯的思维过程时，麦克沃特总是会觉得有些气恼。

"我说的话就是我想说的意思——我不想看到你被他们绞死。"

奥德丽的双颊泛起了红晕。

"假如是我干的呢？"

"那也不会有什么区别。"

"那么你想没想过可能真是我干的呢？"

"这件事我没想太多。我倾向于相信你是无辜的，不过我之后的一系列举动不会因此而有什么差别。"

"然后你就想起了那个爬绳子的男人？"

麦克沃特沉吟了片刻，然后清了清嗓子。

"我猜你或许已经知道了吧。其实我并没有看到一个男人在爬绳子——实际上我也不可能看到，因为我爬上斯塔克岬是在周日的晚上，而不是周一。我是从那件作为证据的外衣上推断出了发生过的事情,而在顶楼找到的那根湿绳子则证实了我的推测。"

奥德丽的脸色已经由红变白了。她难以置信地说道:"你的故事根本就是个谎言?"

"推断本身对于警方来说无足轻重。我只能说是我亲眼看见了那一切。"

"但是,你有可能不得不在审判我的法庭上宣誓啊。"

"是啊。"

"你会那么做?"

"我会的。"

奥德丽又难以置信地叫道:"而你——你可是那个因为不愿意篡改事实而丢了饭碗,然后跑到这儿来跳崖自杀的人啊!"

"我对事实真相是极其尊重的。不过我发现有些事情更重要。"

"比如?"

"你。"麦克沃特说。

奥德丽的眼帘低垂下来。麦克沃特略显尴尬地清了清嗓子。

"你不需要老是觉得受了我的大恩大德似的。从今往后你也不会再听到我的消息了。警方已经获得了斯特兰奇的供认,他们也就不再需要我的证词了。还有,我听说他情况很糟糕,或许活不到上法庭了。"

"听到这个我挺高兴的。"奥德丽说。

"你曾经喜欢过他吗?"

"我喜欢的是我心目中的那个他。"

麦克沃特点点头。"或许,我们都有这样的感觉。"接着他说道,"一切都皆大欢喜了。巴特尔警司能够采信并根据我的故事击垮了他——"

奥德丽打断了他的话。她说:"他是在你的故事的基础上破了这个案子,这没错。但我不相信你能骗得了他。他只是故意睁一眼闭一眼罢了。"

"你为什么这么说?"

"当他跟我谈话的时候,他说起很幸运你看见了月色下的那一幕,后来他又补充了一下,也就是一两句话吧,他说那是个雨夜。"

麦克沃特吃了一惊。"那倒是真的。我也怀疑周一那天晚上恐怕我根本看不见什么。"

"无所谓了。"奥德丽说。

"他知道你假装说你看见的那些事情就是真实发生的事情。不过这也解释了他为什么要在内维尔身上下功夫,从而使他崩溃。托马斯一告诉他我和艾德里安的事,他就开始怀疑内维尔了。于是他知道,如果他对于这类犯罪的想法是正确的话,他已经圈定的是错误的人选,那么他想要的就是能够用在内维尔身上的某种证据。用他自己的话来说,他想要一个奇迹——而你就是巴特尔警司祈祷应验的结果。"

"他要这么说,还真是件非比寻常的事情呢。"麦克沃特干巴巴地说道。

"所以你看,"奥德丽说,"你就是个奇迹。属于我的特殊奇迹。"

麦克沃特诚挚地说道:"我不想让你觉得受了我的恩惠。我马上就要从你的生活中消失了……"

"你必须要走吗?"奥德丽问道。

他凝望着她。她的脸再次开始泛红,一直红到耳根和太阳穴。

她说:"你不带我一起走吗?"

"你不知道你在说些什么啊!"

"不,我知道。我正在做一件非常困难的事,但它对我来讲重于生死。我知道时间很紧迫。顺便说一句,我是个很传统的人,我想在我们动身之前先结婚!"

"那么,"麦克沃特深感震惊,说道,"自然你认为我不会再有其他的任何提议。"

"我确信你不会。"奥德丽说。

麦克沃特说道:"我跟你不是一类人。我看你还是应该跟那个喜欢了你很久的沉默寡言的家伙结婚。"

"托马斯?亲爱的忠实的托马斯。他太忠实了。他对他多年以前爱上的那个女孩的形象忠心耿耿。不过其实他真正喜欢的人是玛丽·奥尔丁,尽管他自己还不清楚。"

麦克沃特向她走近了一步。他严肃地说道:"你刚刚说的话都当真?"

"对啊……我想要一直和你在一起,永远都不离开你。如果你走了,我就再也找不到一个像你这样的人了,而我也将在孤独中了此余生。"

麦克沃特叹了口气。他拿出钱包,仔细地查看了一下里面的东西。

他小声嘟囔道:"一份结婚的特别许可证需要花不少钱。我明天第一件事就是要去趟银行。"

"我可以借你点儿。"奥德丽低声说道。

"你可千万别这么干。如果我要娶一个女人,证书得由我来付钱。你明白吗?"

"你没必要看起来那么严肃嘛。"奥德丽温柔地说道。

他一边向她走过来,一边轻柔地说道:"上次我的手抓着你的时候,感觉你就像只小鸟,挣扎着要逃脱。现在你可再也逃不了了……"

她说:"我永远都不想逃。"

Towards Zero

Copyright © 1944 Agatha Christie Limited. All rights reserved.
© 2013 Letter for Chinese Reader, New Star Edition by Mathew Prichard.
All rights reserved.
www.agathachristie.com
AGATHA CHRISTIE, *Agatha Christie*® and the AC Monogram Logo are registered trade marks of Agatha Christie Limited in the UK and elsewhere. All rights reserved.
Published by agreement with ACL.
Simplified Chinese edition copyright: 2023 New Star Press Co., Ltd.

图书在版编目（CIP）数据

零点 /（英）阿加莎·克里斯蒂著；周力译．——2版．——北京：新星出版社，2023.4

ISBN 978-7-5133-3802-8

Ⅰ.①零… Ⅱ.①阿… ②周… Ⅲ.①侦探小说-英国-现代 Ⅳ.①I561.45

中国版本图书馆 CIP 数据核字 (2022) 第 090209 号

午夜文库
谢刚 主持

零点

［英］阿加莎·克里斯蒂 著；周力 译

责任编辑：王　欢　　　**统筹编辑**：王　欢
责任校对：刘　义　　　**责任印制**：李珊珊
封面插图：宣　和　　　**装帧设计**：周伟伟

出版发行：新星出版社
出 版 人：马汝军
社　　址：北京市西城区车公庄大街丙3号楼　100044
网　　址：www.newstarpress.com
电　　话：010-88310888
传　　真：010-65270449
法律顾问：北京市岳成律师事务所

读者服务：010-88310811　　service@newstarpress.com
邮购地址：北京市西城区车公庄大街丙3号楼　100044

印　　刷：三河市兴达印务有限公司
开　　本：910mm×1230mm　1/32
印　　张：8.25
字　　数：117千字
版　　次：2023年4月第二版　2023年4月第一次印刷
书　　号：ISBN 978-7-5133-3802-8
定　　价：42.00元

版权专有，侵权必究；如有质量问题，请与印刷厂联系调换。